잃어버린

옆모습

잃어버린 옆모습

프랑수아즈 사강 지음

최정수 옮김

북포레스트

페기 로슈에게

하지만 그대가 진실을 외면하는 사람을 기쁘게 하는
외양을 가진 것만으로 충분하지 않은가?

– 샤를 보들레르

/ 1장 /

사교 모임을 좋아하는 의사 알페른의 집에서 열린 파티
가 흘러가고 있었다. 나는 이곳에 오는 걸 무척 망설였다. 남
편 앨런과 함께 산 지 얼마 안 된 어느 날 오후, 난투극과 다
정한 태도 그리고 반항으로 지난 4년간의 사랑을 단죄한 그
날 오후, 나는 모르페우스[1]의 품 안에서 혹은 술에 취한 채
그 사랑을 끝내고 싶었다. 하지만 그건 나 혼자만의 생각이
었다. 훌륭한 마조히스트인 앨런은 우리가 이 파티에 꼭 참
석해야 한다고 고집을 부렸다. 그는 다시금 잘생긴 얼굴이
되었고, 사람들이 파리에서 가장 금슬 좋은 커플이 어떻게
된 거냐고 묻자 싱긋 웃었다. 그는 농담을 하고, 손으로 내
팔꿈치를 와락 움켜쥐며 되는대로 말도 안 되는 대꾸를 했
다. 나는 거울들 속에 비친 우리의 모습을 보고 그 거울들이
나에게 반사해서 보여주는 매혹적인 이미지에 미소를 보냈
다. 우리 둘 다 키가 크고 호리호리했다. 그는 금발에 파란

1 그리스 신화에 나오는 꿈의 신.

눈, 나는 갈색 머리에 잿빛 눈이지만, 이미 명백히 드러나 보이듯이 똑같은 몸짓에 똑같이 매우 초췌했다. 어떤 바보 같은 여자가 감격에 겨워 "제가 곧 대모가 될 수 있을까요, 앨런?"이라고 질문했을 때 그는 지나치게 멀리 갔다. 앨런은 자기 같은 남자를 남편으로 둔다는 건 내 인생에서 무척이나 뿌듯한 일이며 그런 존재를 둘이나 가질 자격은 나에게 없다고 말했다.

"그래, 맞아." 나는 발끈해서 대꾸했다.

그리고 어떤 음악의 절정부가 갑자기 다음에 이어질 테마를 알려주듯 앨런의 손에서 벗어나 등을 돌렸다. 그렇게, 겨울의 파리에서 이 칵테일파티 저 칵테일파티를 전전하는 동안, 나는 줄리우스 A. 크람과 얼굴을 마주하게 되었다. 내가 너무 빠르고 갑작스럽게 그 자리를 빠져나와서인지 앨런이 화가 나서 몸을 떠는 것이 등 뒤로 느껴졌다. 줄리우스 A. 크람의 얼굴 - 그가 나에게 즉석에서 "줄리우스 A. 크람입니다"라고 자기 소개를 했다 - 은 창백하고, 음울하고, 비밀스러웠다. 나는 혹시나 하고 그에게 이곳에 걸린 그림이 마음에 드냐고 물었다. 사실 이 파티가 열린 건 이 집 여주인인 부산스러운 파멜라 알페른의 애인이 그린 그림들을 소개하기 위해서였다.

"그림 이야기는 뭡니까? 아, 그래요! 창문 옆에 걸린 그림 한 점을 본 것도 같습니다." 그가 손짓을 하며 대꾸했고, 나는 나보다 머리 반 개 정도 키가 작은 그 남자를 본능적으로 따라갔다. 그의 머리 주요 부분들에 탈모가 진행되고 있었다. 그는 화가 지망생이 그릴 만한 그 그림 중 한 점 앞에서 걸음을 멈추더니 고개를 들었다. 안경 너머로 보이는 그의 눈은 파란색이고 동그랬으며, 속눈썹은 그의 눈에 달린 것이라고 믿기 힘들 만큼 놀라웠다. 마치 고깃배에 매달린 해적 깃발 같았다. 그의 그림 관찰이 잠시 지속되었다. 그러다 그가 쉰 목소리를 냈는데, 사람의 목소리라기보다는 개 짖는 소리에 더 가까웠다. 나는 그 소리에서 "끔찍하군!"이라는 말을 알아들을 수 있었다. "뭐라고요?" 내가 얼떨결에 반문했다. 그의 짖는 소리가 나에게는 그럴 만하면서도 괴상하게 느껴졌기 때문이다. 그러자 그는 똑같이 큰 소리로 다시 한 번 말했다. "끔찍하군!"

우리 근처에 있던 몇 사람이 무슨 추문이라도 마주한 것처럼 뒤로 물러섰고, 그 바람에 나는 그 그림과 내가 그 자리를 뜨게 해줄 생각이 별로 없어 보이는 꼿꼿한 줄리우스 A. 크람 사이에 혼자 있게 되었다. 우리 뒤에서 작은 수런거림이 일었다. 그렇다, 줄리우스 A. 크람이 그 그림에 대해 또

렷한 소리로 두 번이나 "끔찍하군!"이라고 말했고, 매력적인 조제 애시-바로 나-는 그 언급에 손톱만큼도 항의하지 않았던 것이다. 그 소리가 위엄 있는 드부 부인의 육감에 가 닿아 그녀가 우리 쪽을 돌아보았다. 드부 부인은 파리의 저명인사였다. 그녀는 아무도 반박하지 못하는 권위를 가지고 이 사교 모임을 이끌고 있었다. 나이가 예순 살에서 몇 살 더 많은 듯한 그녀는 몸이 꼿꼿하고 피부가 가무잡잡한 매우 우아한 여성이었다. 그녀는 남편(오래전에 세상을 떠나 고인이 되었다)의 재산 덕분에 독립적인 삶을 영위할 수 있었고, 그 결과 무척이나 가차 없는 성미가 되었다. 어떤 상황이든, 연극이든 특별 공연이든, 드부 부인은 모든 행사를 마음대로 주선할 때가 많았고 때로는 모든 것을 취소했으며, 자신의 이름이 의미하는 대로[2] 항상 혼자 서 있었다. 그녀가 내리는 칙령들은 그녀의 열광만큼이나 단호했다. 그녀는 관습적인 작품 속에서 과감한 부분이 무엇인지 아방가르드한 작품 속에서 시대에 뒤떨어진 부분은 무엇인지 즉시 알아차렸다. 요컨대 그녀는 그런 타고난 날카로움이 있었고 영리했다. 뭔가 예상치 못한 일이 일어나고 있다고 느낀 그녀가 즉

---

2 '드부Debout'는 프랑스어로 '서 있는'이라는 뜻이다.

시 우리 쪽으로 다가갔고, 무장한 남자들, 광대들, 하인들로 이루어진 눈에 띄지 않는 조신朝臣들이 그녀를 따라왔다. 그녀는 늘 혼자 모임에 나오지만, 항상 무엇이든 할 준비가 된 자객들에게 둘러싸이는 것 같았다. 그런 점이 그녀 주위에 거의 물리적인 일종의 접근 금지 구역을 만들어내고 모든 친숙함을 방해했다.

"방금 뭐라고 했어요, 줄리우스?" 그녀가 물었다.

"네, 부인. 이 그림이 끔찍하다고 말했습니다." 줄리우스가 당황하는 기색 없이 대답했다.

"그런 말이 반드시 필요하다고 생각하나요? 난 그렇게 나쁘지 않은 것 같은데." 그녀가 말했다.

그녀는 줄리우스가 방금 혹평한, 몸이 화살에 관통된 성 세바스찬 그림을 손으로 가리켰다. 그녀의 입 모양과 말하는 어조는 완벽했다. 작품에 대한 멸시와 이 집 여주인의 무절제함에 대한 연민 어린 관용이 뒤섞인 가벼운 경고. 그리고 줄리우스를 향한 예의를 지키라는 환기.

"이 그림은 나를 웃게 합니다. 그러니 나로서는 어쩔 도리가 없었어요." 줄리우스 A. 크람이 완전히 달라진, 약간 휘파람을 부는 듯한 목소리로 말했다.

파멜라 알페른이 의아해하는 표정으로 앨런을 대동하고

우리에게 다가왔다. 웅성거리는 소리를 듣고 손님들에게 뭔가 불편한 일이 일어났다는 걸 확인했고, 그래서 모든 걸 제쳐두고 싸움이 난 곳으로 찾아온 것이다.

"줄리우스, 크리스토발의 그림이 마음에 드나요?" 파멜라 알페른이 물었다.

줄리우스는 대답하지 않고 사나운 눈빛으로 그녀를 바라볼 뿐이었다. 그녀가 조금 주춤하다가 반사적으로 여주인다운 태도를 되찾고는 이렇게 말했다.

"조제의 남편 앨런 애시를 아세요?"

"당신 남편인가요?" 줄리우스가 나에게 물었다.

나는 그렇다고 대답했다. 그가 웃음을 터뜨렸다. 먼 옛날의 튜튼족 같은 웃음, 받아들일 수 없고 용인할 수 없는 웃음, 정말이지 혐오스러운 웃음이었다.

"뭐가 그렇게 웃깁니까? 이 그림 때문에 웃는 겁니까, 아니면 내가 조제의 남편이라는 사실을 안 것 때문에 웃는 겁니까?" 앨런이 물었다.

줄리우스 A. 크람이 앨런의 얼굴을 뚫어져라 쳐다보았다. 그가 점점 더 이상해지고 있다는 생각이 들었다. 어쨌든 그는 꽤나 용감했다. 3분 동안 드부 부인, 이 집 여주인 그리고 앨런에게 도전한다는 건 대담함을 전제로 해야 가능한 일이었다.

"그냥 혼자 웃은 겁니다. 아무 이유 없어요." 그가 불쑥 대답했다. 그런 다음 드부 부인에게 말했다. "난 이해가 안 되는군요, 친애하는 부인. 웃지 않는다고 항상 나를 비난하셨잖아요. 그러니 이제 좋아하실 줄 알았는데요. 내가 웃어서요."

그에 대해 들은 이야기가 갑자기 떠올랐다. 줄리우스 A. 크람은 능력이 뛰어난 사업가이고 정치적 뒷배도 상당했다. 그리고 틀림없이 그는 여기 초대된 손님 중 4분의 3의 스위스 은행 계좌를 알고 있었다. 사람들은 그가 너그러운 동시에 무척 냉정한 사람이라고 말했고, 그를 두려워했으며, 그를 이곳저곳에 초대했다. 그런 평판이 드부 부인과 파멜라 알페른의 너그러워 보이지만 억지로 짓는 이중의 미소를 설명해주었다. 우리는 그 자리에 우두커니 서서 서로를 바라보았고, 더 이상 서로에게 할 말을 찾아내지 못했다. 물론 자리를 뜨면 될 일이었지만, 앨런과 나에게는 현관에서 으스대는 그 화가를 칭찬하고 우리의 서글픈 지옥으로 돌아가는 일만 남아 있었다. '곧 또 봐요' '당신을 알게 돼서 기뻐요' 같은 말들로 너무도 간단히 풀어갈 수 있는 상황이 복잡하게 꼬여버린 것 같았다.

줄리우스가 스스로 우두머리를 자처하며 나에게 건너편 끝에 있는 음식 테이블로 가서 한잔 마시자고 제안하는 것으로 상황은 해결되었다. 그는 단호한 몸짓으로 앞장서서 나를 데려갔고, 우리는 빠른 걸음으로 응접실을 가로질렀다. 나는 터져나오는 폭소와 두려움 사이에서 분열되었다. 앨런의 눈빛이 유난히 흐릿해졌고, 화를 참지 못해 창백하게 굳어 있었기 때문이다. 나는 강압적인 줄리우스 A. 크람이 내 취향은 염두에 두지 않고 손에 쥐여준 보드카 한 잔을 서둘러 마셨다. 부산한 그곳의 웅성거리는 소리가 다시 우리 주위에 자리를 잡았다. 이번에는 추문을 피했다는 기분이 들었다.

"이제 진지하게 대화를 나눠봅시다. 무슨 일을 하십니까?" 줄리우스 A. 크람이 물었다.

"아무 일도 안 해요." 내가 약간 거만하게 대답했다.

디자인 가구, 핀란드 스타일의 보석과 도자기 등 자기들의 소소한 창작물에 대해 끊임없이 이야기하는 주위의 한가로운 사람들 사이에서 그건 사실이었다. 그들은 다양한 작품들에 참여하기도 했다. 내가 절대석으로 한가하다는 사실을 털어놓게 되어 기분이 꽤 좋았다. 나는 앨런의 아내이고, 앨런이 나를 먹여 살렸다. 그리고 이제 나는 앨런과 헤어질 거고 그에게서 아무것도 받지 못하리라는 걸 문득 깨달았다. 단돈 1달러도, 단 한 번의 면담도. 나는 일을 해야 할 것이다. '언론 담당관' '홍보 담당자' 기타 등등의 명칭으로 불리는 모호한 직업의 즐거운 무리에 합류해야 할 것이다……. 아침 9시에 일어나고 1년에 두세 번 햇살 아래로 나가는 특권을 누리는 그 무리 속에 내가 들어가려면 행운이 필요할 것이다. 그동안은 부모님이, 그리고 앨런이 나와 내 물질 생활 사이에 개입했다. 그 행복한 시간은 다 지나간 것 같았다. 그리고 나는, 이 가련한 얼간이는, 그걸 무슨 모험을 마주한 것처럼 기뻐했다.

"그래서 아무 일도 하지 않는 게 마음에 듭니까?"

줄리어스 A. 크람의 눈빛은 엄격하지 않았다. 그는 당황한 기색이었지만 친절했다.

"물론이죠. 저는 시간이 흐르는 걸, 날들이 지나가는 걸 바라봐요. 해가 나면 햇빛을 쬐고, 다음 날 무엇을 할지 알지 못하죠. 그러다가 뭔가 하고 싶은 열정이 생기면 그것에 전념할 시간이 있어요. 모든 사람에게 그런 권리가 있어야 할 거예요." 내가 대꾸했다.

"아마도요." 그가 몽상에 잠긴 목소리로 대꾸했다.

"난 그런 생각은 한 번도 해보지 않았습니다. 평생 일을 했지만 그게 좋았어요." 그가 나를 감동시키는 변명하는 어조로 덧붙였다.

이 남자는 궁금해하고 있었다. 그는 상처받기 쉬운 사람인 동시에 위협적이었다. 그의 안에서 뭔가가 동요했다. 아마도 지칠 줄 모르고 필사적인 무언가가 그에게 짖는 듯한 웃음소리를 내게 하는 것 같았다. 아, 아니지, 나는 생각했다. 난 사업가들의 심리에, 그들의 성공과 고독에 관심을 가지지 않을 거야. 돈이 아주 많고 무척 외로운 사람이 그걸 부당하게 얻지는 않았겠지.

"당신 남편이 계속 당신을 쳐다보는군요. 남편에게 무슨 짓을 한 겁니까?" 그가 말했다.

이 남자는 왜 미리부터 나에게 학대자 역할을 부여하는 거지? 이 남자에게 뭐라고 대답해야 해? 난 남편을 사랑했다고? 충분히 사랑하지 않았다고? 너무나 사랑했다고? 사랑했지만 어긋났다고? 내가 원한다 해도 이 남자에게 어떤 진실을 말해야 해? 그리고 앨런 자신이 동의할 진실은 무엇일까······.

바로 이 부분이 최악의 결별의 특성이다. 단순히 헤어지는 자체만이 아니라, 서로 다른 이유 때문에 헤어지는 것. 그토록 행복하다가 그토록 엉클어지고, 그토록 가까워서 서로에 의한 것 말고는 아무것도 진실이 아니다가 정신이 나가고, 사나워지고, 사막에서 더 이상 서로 만나지 않을 길을 찾는다.

"늦었네요. 그만 가봐야겠어요." 내가 말했다.

그러자 줄리우스 A. 크람이 엄숙하지만 만족스러운 목소리로 살리나 찻집의 매력들을 이야기하더니, 모레 오후 5시에 거기서 만나자고 청했다. 물론 내가 그곳에서의 만남을 구식으로 느끼지 않는다면 말이다. 나는 깜짝 놀라 초대를 수락하고는 그를 그곳에 놓아두고 앨런을 향해, 이제 마지막일 마음의 상처, 구타, 눈물의 밤을 향해 나아갔다. 그러는 동안 내 머릿속에는 '거기서 파는 슈크림은 파리에서 가장 훌륭하지요'라는 그의 말이 울려퍼졌다.

줄리우스 A. 크람과 나의 첫 만남은 이러했다.

/ 2장 /

"럼 바바³ 하나요." 내가 말했다.

나는 숨이 가쁘고 정신이 나간 채 살리나 찻집의 긴 의자에 앉아 있었다. 완벽하게 정각에 맞춰 도착했고, 완벽하게 절망적이었다. 나에게 필요한 건 럼 바바가 아니라 진짜 럼, 유죄 선고를 받은 사람들이 마시는 그것이었다. 이틀 동안 앨런이 나를 아파트 밖으로 나가지 못하게 해서, 그 이틀 동안 나는 사랑·질투·절망의 모든 구식 보병총, 아주 가까운 거리에서 거듭 나를 겨냥한 앨런의 모든 총을 공포탄으로 맞은 상태였다. 그리고 나는 찻집에서 만나기로 했던 줄리우스 A. 크람과의 괴상한 약속을 기적적으로 기억해냈다.

친구, 지인과의 다른 모든 약속은 내가 익히 알고 있듯이 속내 이야기를 털어놓으라고 나를 부추겼다 - 나는 그걸 거부했다. 내 세대 여자들이 좋아하는 지나치게 잦은 그런 고백들이 나는 두려웠다. 내 생각을 뭐라고 설명해야 할지 모

---

3 럼주를 넣어 만든 스펀지케이크.

르지만, 나는 내 과오들을 시인하는 것이 늘 두려웠다. 해결책은 오직 두 가지뿐이었다. 첫째는 앨런을, 우리의 공동생활을 견디는 것, 우리가 매순간 억눌린 마음과 지리멸렬한 영혼으로 비참함에 코를 박고 있다는 사실을 견디는 것이고, 둘째는 그를 피해 떠나는 것, 그에게서 달아나는 것이다. 하지만 때때로 나는 이유는 알 수 없지만 그를 내가 사랑했던 모습으로 떠올렸고, 그리하여 합리적이고 유일한 것임을 알고 있는 결정을 내리지 못하고 스스로를 잃게 되었다.

목마른 젊은이들과 나이 든 부인들이 웅성거리는 소리가 합창으로 여기저기 나부끼는 그 찻집에서, 처음에 나는 기분이 좋다고 생각했다. 안전지대에 와 있는 느낌이었다. 까다로운 영국 푸딩 세대에게, 격렬한 프랑스 에클레르 세대에게, 아무것도 모르는—여기에는 나도 포함된다—검은 옷의 수녀들에게 보호받는 느낌이었다. 살고 싶고 웃고 싶은 욕구가 다시 생겨났다. 나는 고개를 들어 아직 보지 않고 있던 줄리우스 A. 크람을 바라보았다. 그는 무척 예의 바르고, 매우 친절하고, 조금 협수룩해 보였다. 이틀 만에 턱수염이 아직 그의 피부를 완전히 점령하지는 못한 채 의뭉스럽게 삐죽삐죽 솟아나 있었다. 나는 그것의 기능을, 그런 상태에 다다르기 위해 발휘된 야만적인 에너지를 망각했다. 사춘기 소년 같은 그 털 덕분에, 강건하고 난폭한 남자를, 줄리우스 A. 크람의 너무도 유명한 능력을 망각했다. 나는 경제계의 거물 대신 늙은 아기 인형을 보았다. 나는 내 느낌에 자주 속곤 한다. 하지만 그런 만큼이나 내 느낌이 만족스러울 때도 많다. 그래서 내 느낌들을 원망하지 않게 된다.

"차 두 잔, 바바 하나, 프랑지판[4] 하나 주세요." 줄리우스가 말했다.

"바로 갖다드릴게요, 크람 씨." 웨이트리스가 노래하듯 대꾸했다. 그녀는 기묘하게 깡충거리며 칸막이 뒤 공간으로 모습을 감추었다.

나는 치명적인 사고를 겪고 난 후 사람들이 본능적으로 모든 것에 쏟는 것과 비슷한 주의를 기울여 그녀를 바라보았다. '나는 경제계의 유명인사와 함께 찻집 안에 있고, 우리는 프랑지판과 바바를 주문했어'라고 내 기억력이 나에게 속삭였다. 그러는 동안 내 마음과 이성은, 간단히 말해 나는 계단 난간에 몸을 기댄 채 격분해서 추하게 일그러진 앨런의 잘생긴 얼굴만 보고 있었다. 나는 즐거운 세상 여기저기에 위치한 바, 레스토랑, 나이트클럽들을 알고 있었다. 그

---

4   아몬드 크림을 넣어 만든 과자.

러나 찻집은 알지 못했다(나에게 찻집은 다른 곳들보다 훨씬 못해 보였다). 투알 드 주이[5]를 사용한 장식과 무릎을 굽히는 인사, 하얀 앞치마와 풀 먹인 머리쓰개들이 나에게 간신히 견딜 수 있는 가짜 안전감을 주었다. 아무 효과도 없었다. 확실히 나는 카펫 위에서 내 또래 남자를 마주한 채 분노와 고생으로 머리가 헝클어지고 헐떡거리기 위해 만들어졌다. 그 남자 역시 교양 넘치는 미지의 인물과 함께 과자를 맛보려는 나를 보며 괴로워하기 위해 만들어졌고 말이다. 그렇게 우리는 때때로 자기 자신에 관한 순수하게 '시각적'이고 돌이킬 수 없는 것들을 경험했다. 나머지 시간에는 서로 마주치지 않으면서 주위를 떠돌았고, 매우 낮고 맹목적이고 듣지도 말하지도 못하는 절망의 심연을 향해 가는 씁쓸하고 색깔 없는 거품들의 흔적 속으로 자취를 감추었다. 혹은 반대로 우리를 태양으로 여기는, 그리고 자신이 마음을 다해 만들어낸 햇빛에 눈이 먼 다른 누군가의 눈 속에 멋있고 의기양양한 모습으로 다시 나타났다. 내 생각엔 이 순간 내가 이 모든 것에 대해 이야기해서는 안 될 것 같았다. 요컨대 나

---

[5] 두꺼운 캔버스 천에 빨강, 파랑, 검정 등의 펜으로 전원 풍경이나 인물을 회화적으로 날염한 직물.

는 혼잣말도 하지 않았다. 항상 다른 사람들이 나에게 더 많은 관심을 갖고 나를 더 즐겁게 해주었다. 나는 그저 프랑지판이 노란색인지 베이지색인지 속으로 생각하고 있었을 뿐이다. 그 둘의 중간색 같았다. 줄리우스에게 무슨 말을 해야 할지 몰라 결국 나는 그에게 그걸 묻고야 말았다. 그는 무척 난처한 표정으로 어깨를 으쓱하면서 – 남자가 뭔가를 알지 못한다는 명백한 신호 – , 나에게 앨런의 소식을 물었다. 나는 앨런은 잘 지낸다고 짧게 대답했다.

"당신은요?"

"저도 물론 잘 지내죠."

"물론이라…… 그건 적절한 대답이 아닌데요."

그가 내 신경을 건드리기 시작했다. 아마도 적절한 대답이 아니겠지. 하지만 달리 대답할 말이 없었다. 나의 어린 시절, 내가 맺어온 다양한 관계들 그리고 앨런과의 괴로운 결혼생활에 관해 자세히 설명하지 못하는 한, 나는 줄리우스에게 할 이야기가 아무것도 없었다. 결국 나는 그를 알지 못했다. 그를 친구로 여기지도, 속내 이야기를 털어놓을 사람으로 보지도 않았다. 내가 볼 때 이 프랑지판은 너무 오래 테이블에 놓여 있는 것 같았다.

"난 조심성이 없습니다." 그가 단호하게, 거의 의기양양한 목소리로 말했다.

나는 그렇지 않다는 뜻의 모호한 몸짓을 한 뒤 떨리는 내 양손을 내려다보다가, 핸드백 속에서 담배를 찾았다.

"항상 조심성이 없었어요." 줄리우스 A. 크람이 반복해서 말했다.

"그런데 사실 난 조심성이 없는 게 아니에요. 그건 서투름 이죠. 난 당신에 대해 모든 걸 알고 싶습니다. 그러려면 진부 한 이야기부터 시시콜콜 해야 한다는 걸 알지만 그러지 못 했습니다."

진부한 이야기를 시시콜콜 하는 것이 어떤 도움이 된다는 건지 나는 내심 궁금했다. 갑자기 그가 실제로 조심성 없고, 노골적이고, 매력 없게 보였다. 그에게 무의미한 대화를 유 지할 번득이는 상상력이 조금도 없다면 그 자신이 그걸 알 아야 했고, 나를 이 우스꽝스러운 찻집으로 초대하지도 않 아야 했다. 그를 여기에, 그가 주문한 과자와 함께 놓아두고 떠나고 싶었다. 그러나 밖에서 나를 기다리는 것, 길거리에 서 내가 느낄 혼란, 그리고 그 지옥 같은 아파트로 걸음을 재 촉해 돌아갈 일에 대한 걱정이 나를 만류했다.

그래, 이 남자도 사람이야. 그러니 우린 이야기 몇 마디를 나눌 수 있을 거야. 평범한 일은 아니지만…… 나는 속으로 생각했다. 사실 내가 어떤 사람 앞에서 이런 단절감과 어색한 기분을 맛본 것은, 도망치고 싶은 마음을 느낀 것은 정말이지 처음이었다. 하지만 나는 이 모든 것을 내 신경이 불안한 탓으로, 지난 며칠 동안 겪은 불면증과 내 처세술 부족 탓으로 돌렸다. 간단히 말해, 나는 정확히 하지 말아야 할 행동을 하고 있었다. 이 첫 만남의 실패를 줄리우스 탓이 아니라 나 자신의 탓으로 돌린 것이다. 한편으로 생각하면 정신적 나약함에 가까운 일종의 자격지심이 이런 애매한 책임을 떠안도록 늘 나를 밀어댔다. 여기에 오면서도 앨런에 대한 죄책감을 느꼈다. 지금은 줄리우스 A. 크람에게 죄책감이 느껴졌다. 아까 그 싹싹한 웨이트리스가 프랑지판을 카펫에 떨어뜨려도 나는 그것이 내 잘못이라고 생각할 것이다. 나 자신에 대한 일종의 분노와 스스로 고통스러운 진창으로 만들어놓은 인생이 나를 덮쳐오기 시작했다.

"당신은요, 당신은 무슨 일을 하는데요?" 내가 억눌린 목소리로 말했다.

"사업을 합니다." 줄리우스 A. 크람이 대답했다. "좀 더 정확히 말하면 많은 사업을 해요. 사업들을 점검하며 시간을 보냅니다. 자동차 안에서 살다시피 하고, 자동차는 나를 이 사무실에서 저 사무실로 데려다주죠. 한 사무실에 도착해서 현황 점검을 하고 다시 떠납니다."

"재미있네요. 그럼 다른 것은요? 결혼은 하셨나요?" 내가
물었다.

그는 무례한 질문이라도 받은 듯 잠시 어리둥절한 표정이
었다. 아마 자기가 독신인 걸 내가 알고 있다고 생각한 것 같
았다.

"아뇨, 결혼하지 않았습니다. 하지만 그럴 뻔한 적은 있
죠." 그가 말했다.

그가 마지막 말을 너무 젠체하고 엄숙한 어조로 발음해서
나는 궁금해하는 표정으로 그를 바라보았다.

"그런데 잘 안 되셨나요?" 내가 물었다.

"우린 같은 계층 사람이 아니었어요."

찻집 안 풍경이 내 눈앞에서 굳어버리는 것 같았다. 여기
서, 이 속물 사업가 앞에서 내가 무언 할 수 있을까?

"그 여자는 귀족이었죠. 영국 귀족이었습니다." 줄리우스
A. 크람이 우울한 표정으로 말했다.

나는 두 번째로 깜짝 놀라 그를 바라보았다. 이 남자는 내
흥미를 끌지 않았다. 오히려 나를 놀라게 했다.

"그 여자분이 귀족이라는 사실이 무슨……."

"나는 자수성가한 사람입니다. 그녀를 만났을 때는 아직

젊었고 넉넉한 형편이 아니었죠." 줄리우스 A. 크람이 말했다.

"하지만 지금은 넉넉하다고 느끼신다는 건가요?" 내가 놀라서 물었다.

"아, 지금은 그렇죠. 보십시오, 아마도 가장 중요한 금전적 수익이 있어요. 그러면 어디서든 넉넉하게 느껴지지요." 그가 대답했다.

상식에 어긋나는 이 말에 방점을 찍으려는 듯, 그는 자신의 티스푼을 찻잔에 가볍게 부딪쳐 쨍그랑 소리를 냈다.

"그녀는 레딩에 살았어요." 그가 꿈꾸는 듯한 어조로 계속 말했다. "당신 레딩 모르죠? 런던 근교에 있는 작은 도시입니다. 나는 피크닉을 하다가 그녀를 만났어요. 그녀의 아버지는 대령이었죠."

내가 기분전환을 하고 싶었다면 영화관으로 달려가 이 시대에 넘쳐흐르는 살인과 섹스 장면이 난무하는 영화를 보는 편이 확실히 더 나았을 것이다. 대령의 딸과 함께했다는 레딩에서의 그 피크닉은 과격한 젊은 여자의 상상력에 불을 붙일 만한 것은 전혀 아니었다. 나에게 그것은 행운이었다. 나는 사람들이 재계의 거물이라고 부르는 사람을 만났고, 마침맞게 균열을, 틈을 찾아낸 것이다. 지나치게 귀족적인 영국인 약혼녀. 나는 줄리우스 A. 크람이 여남은 명의 뉴욕 은행가를 자살로 몰아넣는 중임을 좀 더 수월하게 상상할 수 있었다. 이윽고 나는 바바를 이 끝으로 먹기 시작했다. 그리고 그것이 마음에 들었다. 과자라면 항상 질색을 했는데 말이다. 줄리우스 A. 크람은 레딩의 푸른 언덕 생각에 계속 붙잡혀 있는 듯 말이 없었다.

"그래서 그 후에 어떻게 됐는데요?" 내가 물었다.

에잇, 될대로 되라지. 어쨌든 예의를 차리려면 내 앞에 놓인 찻잔을 비워야 했다.

"오, 그 후에요. 이렇다 할 일은 없었습니다. 분별없는 …… 짓은 좀 했겠죠." 줄리우스 A. 크람이 말했다. 그러고는 얼굴이 붉어졌다.

나는 성매매 업소에서 벌거벗은 젊은 여자들에게 둘러싸여 있는 그의 모습을 잠시 상상해보았다. 그리고 현기증에 사로잡혔다. 생각할 수 없는 일이었다. 줄리우스 A. 크람의 용모, 목소리, 피부는 성性에 대한 아주 약간의 생각과도 양립될 수 없었다. 그가 이 생에서 무엇을 통해 힘을 얻는지 궁금했다. 인간에게 힘을 주는 두 가지 주요 원동력인 허영심과 성생활이 결핍되어 보이니 말이다. 이 남자가 전혀 이해되지 않았다. 그리고 평소에는 나의 호기심을 자극하던 이런 객관적 사실이 이번에는 나를 당황하게 하고 조금 불편하게 했다. 그래도 우리가 이런저런 이야기를 시시콜콜 나누었다고 생각하고, 다음 주 같은 시간에 같은 곳에서 만나자는 그의 제안을 짐짓 열렬한 태도로 받아들였다. 사실 이 궁지에서 빠져나가기 위해서라면 무엇이든 기꺼이 받아들였을 것이다.

나는 천천히 걸어서 집으로 돌아갔다. 퐁 루아얄을 지나갈 때에야 웃음이 터져나왔다. 단순히 아까의 만남이 괴상했기 때문만은 아니었다. 거기에 더해 이 만남이 엄밀히 말해 설명하기 힘든 것이기 때문이었다. 다른 한편으로, 이 만남의 터무니없음이 이후의 나날 동안 내가 이 만남을 기분 좋은 기억으로 간직하게 해주었다고 생각한다.

3장

　일주일 뒤, 나는 그 막간극을 완전히 잊고 있었다. 나는 약속을 취소하려고 줄리우스 A. 크람에게, 아니, 그의 비서에게 전화를 걸었고, 다음 날 커다란 꽃다발과 자신이 마음 깊이 후회하고 있다며 나를 안심시키는 카드를 받았다. 그 꽃다발은 황량하고 단조로운, 그리고 앨런과 내가 공들여 유지하고 있는 지옥에 의해 유린된 그 아파트에서 며칠을 보낸 다음, 생생하고 유쾌하고 거의 엉뚱한 모습으로 그 자리에서 시들어 죽어갔다.

　상황은 안정적이었다, 그렇게 말할 수 있다면. 앨런은 아파트를 떠나지 않았다. 하지만 내가 외출하고 싶어하면 나를 따라왔다. 전화가 오는 일이 점점 더 드물어지긴 했지만, 전화벨이 울리면 앨런은 수화기를 들고 "여긴 아무도 없습니다"라고 말한 뒤 전화를 끊어버렸다. 나머지 시간에는 미친 사람처럼 집 안을 걸어다니고, 불평거리들을 만들어내 다시 불평을 쏟아내고, 나에게 질문을 하고, 내가 자고 있으면 나를 깨웠다. 때로는 우리의 사랑이 끝난 것이 슬퍼서 자기 잘못이라고 한탄하며 어린애처럼 울기도 했고, 때로는 내 잘못이라며 점점 더 난폭하고 신랄하게 나를 비난하기도 했다. 나는 얼이 빠져버려서 반응조차 하지 못했다. 심지어 더 이상 도망칠 생각도 하지 못했다. 이런 폭풍우, 우리가 매일 좀 더 깊이 빠져드는 이런 종류의 구렁에는 그 자체로 끝이 있어서 그저 기다려야만 할 것 같았다. 나는 무의식의 습관 때문인지 반사적으로 목욕을 하고, 양치질을 하고, 옷을 입고, 옷을 벗었다. 가정부는 질겁해서 일주일 전에 일을 그만두고 떠났다. 우리는 각자 통조림으로 따로 식사를 했다. 먹고 싶지 않았지만 그래도 먹어야 한다는 걸 알기 때문에 정어리 통조림들과 바보처럼 씨름을 했다. 우리의 아파트는 길 잃은 배였고, 선장인 앨런은 미쳐버렸다. 그리고 단 한 명의 승객인 나에겐 더 이상 아무것도 없었다. 유머조차도. 우리 친구들, 우리에게 전화를 걸거나 혹은 좀 더 적극적이어서 우리 집 문을 두드린 친구들(앨런에게 즉시 쫓겨나긴 했지만)은 이 네 개의 벽 안에서 무슨 일이 일어나고 있는지 아무것도 모르는 듯했다. 아마도 그들은 우리가 한창 밀월을 즐기는 중이라고 생각할 것이다.

절반은 패배하고 절반은 능욕당한, 위협·애원·회한 그리고 약속의 그 소용돌이 속에서, 나는 겁에 질린 채 자신의 밖에서 살고 있었다. 두 번 도망치려고 시도했지만 그때마다 계단에서 앨런에게 붙잡혔다. 앨런에게 붙잡힌 채 계단을 전부 걸어 올라왔다. 한 번은 아무 말 없이, 나머지 한 번은 참을 수 없는 상스러운 말을 영어로 지껄이면서.

　이제 우리를 세상과 이어주는 것은 아무것도 없었다. 앨런은 라디오를 부수고, 텔레비전까지 부숴버렸다. 전화선을 끊지 않은 것은, 내 생각에는, 우연히 전화벨이 울렸을 때 내가 희망으로, 매우 희미한 희망으로 소스라치는 모습을 보는 유일한 즐거움을 위해서인 듯했다. 눈물이 나온다고 느낄 때면 나는 때를 가리지 않고 수면제를 먹었고, 그렇게 악몽을 꾸는 수면 상태에 빠져들어 네 시간 정도 그에게서 벗어날 수 있었다. 그러나 그 네 시간 동안에도 그는 끊임없이 나를 흔들어 깨우고, 내가 아직 살아 있는지, 자신의 아름다운 사랑이 과도하게 복용한 알약 몇 개 때문에 마지막 속임수로 자기에게서 떠나가지는 않았는지 확인하기 위해 머리를 내 가슴에 갖다댄 채 큰 소리로 또는 낮은 소리로 내 이름을 불러댔다. 한 번, 딱 한 번 내가 무너진 적이 있다. 젊은 남자와 젊은 여자가 탄 오픈카가 지나가는 것이 창밖으로 보였다. 그들은 함께 웃고 있었는데, 그 모습이 나에게는 운명의 또 다른 모욕처럼, 내가 처한 신세와 처할 수 있었던 신세에 대한 환기처럼 느껴졌다. 그리고 현기증 속에서 그것은 내가 영원히 잃어버린 어떤 것으로 보였다. 그날 나는 울음을 터뜨렸다. 나는 떠나자고, 아니면 나를 떠나게 해달라고 앨런에게 애원했다. 기괴하기 짝이 없는 방식으로, '부탁이야' '제발' '나 좀 봐줘'라고 말하는 어린애처럼 그에게 애원했다. 그러자 내 옆에 있던 그가 내 머리칼을 어루만지며 나를 위로하고, 울지 말라고 간청했다. 내 눈물을 보면 자기 마음이 너무 아프다고 했다. 그 두세 시간 동안 그는 예전의 얼굴로, 다정하고 자신감 있는 보호자 같은 얼굴로 돌아왔다. 그는 안정되었다. 나는 그렇다고 확신했다. 그는 덜 고통스러워했다. 하지만 내가 고통스럽다고 말할 수는 없었다. 그것이 가장 안 좋은 점인 동시에 덜 심각한 점이었다. 나는 앨런이 떠나기를, 혹은 그가 나를 죽이기를 기다렸다. 단 한순간도 자살을 시도할 생각은 하지 않았다. 내 안에 끈질기고 가까이하기 힘든 누군가 ─ 앨런을 너무나 힘들게 하는 누군가 ─ 가 있었고, 그 누군가는 무엇인가를 기다리고 있었다. 하지만 때때로 그런 기다림이 비현실적이고 근거 없게 느껴졌다. 그럴 때면 발작적인 절망이 나를 짓누르는 듯했고 몸이 와들와들 떨렸다. 근육이 경직되고, 목이 바짝 말랐으며, 몸을 움직일 수가 없었다.

어느 날 오후 3시경, 나는 전날 읽기 시작한 책을 찾아 서재 안을 배회하고 있었다. 물론 앨런이 감춰놓았을 터였다. 그는 무엇이 되었든 자기로부터, 그가 '우리'라고 부르는 것으로부터 나의 관심을 돌리는 것을 잠시도 견디지 못하니 말이다. 아직까지 내 손에서 책을 빼앗지는 않았다. 내가 문을 통과할 때 그가 내 앞에서 문을 잡아주고 내 담배에 불을 붙여주는 것과 마찬가지로, 아마도 아직 남아 있는 교육의 영향이 그를 주저하게 했으리라. 그럼에도 불구하고 그는 그 책을 숨겼고, 나는 바닥에 엎드려 소파 밑에서 책을 찾던 중 그가 서재 안으로 들어오는 걸 알아차렸다. 내가 아랑곳하지 않고 필사적으로 책을 찾는 걸 보고 그가 웃음을 터뜨렸다.

그때 나흘 만에 누군가 초인종을 눌렀고, 나는 앨런이 귀찮은 방해자를 쫓아내고 문을 다시 닫아 문에서 둔탁한 소음이 날 것을 예상하며 몸을 일으켰다. 1분, 2분 뒤 앨런의 목소리가 들렸다. 당황한 듯한, 그리고 상대의 환심을 사려는 듯한 차분한 목소리였다. 나는 현관으로 나갔다. 현관에, 현관 앞에, 그러니까 현관문을 통과해 들어온 입구에 줄리우스 A. 크람이 한 손에 모자를 들고 서 있었다. 나는 당황해서 꼼짝 않고 있었다. 저 사람이 어떻게 여기까지 왔지? 그가 나를 보고는 내 쪽으로 다가왔다, 마치 자신이 향하는 길에 앨런이 없는 것처럼. 앨런이 본의 아니게 뒤로 물러섰다. 줄리우스가 나에게 손을 내밀었고, 나는 그를 바라보았다. 역할에 착오가 있었다. 나는 경찰, 앰뷸런스, 파르지팔[6], 앨런의 어머니, 그러니까 그가 아닌 사람은 누구든 좋으니 기다리고 있었다.

"안녕하십니까?" 그가 나에게 말했다. "남편분에게 오늘 우리가 살리나에서 차를 마시기로 약속했다고 말하던 참입니다. 그리고 당신을 데리러 오도록 허락받았다는 것도요."

나는 아무 대꾸도 하지 않고 앨런을 바라보았다. 앨런은 경악과 분노로 몸이 굳어버린 것 같았다. 줄리우스가 고개를 돌려 앨런을 바라보았다. 그리고 그때 나는 알페른의 집에서 처음 나에게 충격을 주었던 그 눈빛을, 포식자 남자의 눈빛을 다시 보았다. 그건 매우 기이한 장면이었다. 나는 열린 문 앞에 서 있는, 제대로 면도하지 않은 젊은 남자를 보았다. 블루마린색 외투를 걸친 진지한 표정의 성숙한 또 다른 남자를 보았다. 그리고 나 자신을, 머리가 헝클어진 채 실내복 차림으로 다른 문틀에 기대어 있는 젊은 여자를 보았다.

---

6 독일의 시인 에셴바흐가 쓴 대서사시. 『파르지팔』의 주인공.

셋 중 누가 침입자인지 알 수 없었다.

"내 아내는 몸이 불편합니다. 그러니 외출한다는 건 말이 안 돼요." 앨런이 불쑥 말했다.

줄리우스의 눈길이 다시 나를 향했다. 여전히 엄격한 눈빛이었다. 이윽고 그가 크고 단호한 목소리로 말을 이어갔다. 초대라기보다는 명령에 훨씬 더 가깝게 들리는 말투였다.

"차를 마시기 위해 기다리겠습니다. 찻집에 앉아서 조금 시간을 보내고 있을게요." 이렇게 말하고는 나를 향해 덧붙여 말했다. "빨리 옷 갈아입으세요."

앨런이 줄리우스 쪽으로 재빨리 한발 내디뎠다. 하지만 벌써 누군가가 문가에 모습을 드러냈다. 이 어설픈 코미디의 넷째 인물이 아파트 안으로 스며 들어왔다. 건장한 몸집을 한 줄리우스의 운전기사였다. 그 역시 블루마린색 외투를 입었고, 손에 장갑을 꼈으며, 둘 다 내가 상상하는 게슈타포 대원 같은 모호하고 중립적인 표정을 하고 있었다.

"뭘 좀 묻고 싶습니다만. 이 아파트는 북동향이네요, 안 그렇습니까?" 줄리우스가 앨런 쪽을 돌아보며 말했다…….

그 순간 내 안에서 뭔가가 빠른 속도로 툭 떨어지더니, 나의 부동 상태를 끊어버리고 비현실의 느낌을 깨뜨려버렸다.

나는 침실로 뛰어들어가 문을 잠그고, 바지와 스웨터를 찾아 서둘러 꿰어 입었다. 너무 서두른 나머지 치아가 맞부딪치는 소리와 심장이 뛰는 소리가 귀에 들릴 정도였다. 나는 비슷하다고 생각되는 신발 두 짝을 주워들었다. 그런 다음 지체 없이 침실 문을 다시 열고 응접실로, 줄리우스 A. 크람을 향해 급히 걸어 나갔다. 1분 30초 정도 걸렸을 것이다. 나는 땀에 젖어 있었다. 체면을 지키려는 어떤 반사적 행동이 내가 돌진하지 않게 해주었는지, 운전기사의 팔을 붙잡고 그에게 출발하자고, 속도를 내라고, 아주 멀리 가자고 말하지 않게 해주었는지 나는 알지 못한다. 나는 뒷걸음질로 현관을 가로질렀다. 줄리우스는 여전히 나와 앨런 사이에 있었다. 나는 현관문을 나섰고, 줄리우스가 몸소 현관문을 다시 닫기 전 역광을 받으며 양팔을 건들거리고 있는, 입가에 일종의 강박적 웃음을 지은 앨런을 보았다. 그는 정말로, 지독할 정도로 미친 사람 같았다.

자동차는 차체가 트럭처럼 길고 커다란 다임러였고, 나는 지난 며칠간 내가 몇 번 창가에 다가갔을 때 그 차가 항상 우리 집 앞에 서 있던 것을 불현듯 떠올렸다.

4장

　우리는 해가 있다고 생각되는 서쪽으로 달렸다. 하지만 나는 그런 생각조차 더 이상 하지 못했다. 지나치게 큰 그 자동차와 지나치게 옹색한 내 심장 사이에서 길을 잃은 나는 바보처럼 동서남북을 분별해보려 했다. 그러나 헛일이었다. 천편일률적인 표지판들과 폐쇄된 집들이 중간중간에 보이는 고속도로 위 자동차 보닛 앞에 길게 늘어진 비스듬한 그림자들은 더 이상 아무것도 말하지 않으려 하는 것 같았다. 어쨌든 우리는 망트라졸리를 지나갔고, 길 끝에 있는 요새화되다시피 한 어느 별장 앞에 도착했다. 줄리우스는 아무 말도 하지 않았다. 심지어 내 손을 가볍게 토닥이지도 않았다. 한편으로 보면, 그는 몸짓을 별로 하지 않는 사람이었다. 그는 자기 자동차에 탔고, 거기서 내렸고, 담배에 불을 붙였고, 서툴지 않지만 우아하지도 않게, 아무렇지 않게 외투를 입었다. 항상 사람들의 몸짓에, 그들이 움직이거나 움직이지 않는 방식에 매혹되던 나로서는 마치 마네킹이나 장애인 옆에 앉아 있는 느낌이 들었다. 거기까지 오는 동안 나는 몸을 벌벌 떨었다. 처음에는 앨런이 우리를 따라오지 않을까, 빨간불에 정지해 있을 때 갑자기 나타나 자동차 보닛 위로 뛰어오르지 않을까 하는 공포 때문에. 또는 그가 경찰모와 호루라기를 가지고 비록 헛된 것일지언정 틀림없는 자유를 향한 나의 도주를 영원히 중단시키지는 않을까 하는 공포 때문에. 그리고 시간이 좀 더 흘러 고속도로 초입부터 자동차의 속도가 불가능한 수준, 일종의 '기습공격'이 불가능한 수준이 되었을 때도 몸을 떨었다. 외로움에 몸을 떨었다.

나는 혼자였고, 지속적이고 필연적이며 나에게는 근친상간 같은 것이 되어버린 앨런과의 접촉이 결핍되어 있었다. 다시 '내가, 나를, 나'가 되었다. 더 이상 '우리'가 아니었다. 우리가 이렇게 되어버린 것이 너무나 잔혹하게 느껴졌다. 다른 사람은 어디로 갔을까? 다른 사람 – 그가 학대자이든 희생양이든 그건 중요하지 않았다 –, 최근 몇 년간 나와 함께 있어준, 유해하지만 저항할 수 없는 소란스러운 래그타임[7]의 파트너는 어디로 간 것일까. 사실 내가 볼 때 나는 배우자가 없는 여자라기보다는, 예기치 못한 우연으로 파트너

---

7 1870년대부터 미국의 술집이나 무도장 등에서 연주되던 재즈 스타일의 피아노
    음악.

를 영원히 빼앗겨 댄스 플로어에 혼자 서 있는 아가씨와 비슷했다. 나는 수없이 많은 침대시트 속에서 가능한 모든 템포로 앨런과 함께 춤을 추었다. 우리는 정신을 잃은 채, 진정된 채 열정의 부드러운 휴식들을 함께 나누었다. 그리고 그가 어쩌지 못하는 질투가 우리의 사랑을 불가능하게 만들었다. 그건 일종의 질병이었다, 그렇다. 그는 사랑 이야기라는 행복한 혹은 불행한 화형대에 추억·술책·고통의 묶음들을 던져버릴 마지막 사람이 되었다. 이런 이유로 내가 그토록 오랫동안 상황을 감내해왔고, 이런 이유로 고속도로 위에서 막연한 죄책감을 느낀 것이다. 더 오래 그를 사랑하지 않은 것에 죄책감을 느꼈고, 무관심에 대해 죄책감을 느꼈다. 그리고 무관심이라는 단어 자체가 나를 소름 끼치게 했다. 나는 무관심이 조커임을, 열애 관계에서 으뜸패임을 알고 있었지만 대수롭지 않게 여겼다. 나는 그 광기에, 그 끈질김에, 무상성無償性에, 그리고 심지어 그 나름의 충성스러운 사랑에 경탄했다. 거기에 다다르기 위해 거침없고 냉소적인 태도로 꽤나 긴 세월을 건너와야 했고, 결국 거기에 다다랐다. 사람들이 불행 취미라고 부르는 것에 대한 동물적이고 뿌리 깊은 증오가 없었다면 나는 분명 앨런 옆에 더 머물렀을 것이다.

줄리우스 A. 크람의 작은 성城은 요새화된 농가의 전형이었다. 맷돌과 커다란 돌덩이로 지은 그 집에는 좁다란 창문들, 아치형 출입구, 그리고 루이 13세 시대의 가구들이 있었다. 줄리우스의 재산 규모로 보아 아마도 진품 같았다. 벽에 달린 사슴 머리 몇 개가 입구에 음산한 분위기를 드리웠고, 쇠를 벼려 만든 난간이 달린 돌계단은 위층들로 이어졌다. 루이 13세 당대의 모습과 견주어 유일하게 다른 것이 있다면 집사장이 하얀 상의를 입었다는 점이었다. 사실 나는 프록코트를 입은 집사장의 모습을 더 좋게 보았을 것이다. 집사장이 내 가방을 찾았지만 발견하지 못하자 사과를 했다. 줄리우스는 안절부절못하며 나에게 괜찮으냐고 네다섯 번 물은 뒤, 대답을 기다리지도 않고 나를 응접실로 들어가게 했다. 거기엔 없는 것이 없었다. 가죽 소파, 서가書架, 짐승 가죽들. 그리고 커다란 벽난로가 있었는데, 서둘러 불을 지펴놓은 듯했다. 곰곰이 생각해보니 뭔가 부족했다. 개. 나는 줄리우스에게 개는 키우지 않느냐고 물었고, 그가 나에게 물론 키운다고, 지금 그들이 있어야 할 합리적인 장소인 개 사육장에 있다고 대답했다. 밖이 어두워지고 있으니 내일 아침에 개들을 보여주겠다고 했다. 그는 포인터, 래브라도, 테리어 등을 키웠다.

내가 대구를 했으니, 그의 말을 듣지 않고 있었다고 말할 수는 없다. 다만, 그의 말을 듣고 그에게 대꾸한 사람은 내가 아니었다. 결국 나이긴 했지만, 내가 지금 존재한다고 느낀 그대로의 나였다. 집사장이 돌아와 우리에게 음료를 마시라고 권했고, 나는 서둘러 보드카에 달려들어 단숨에 마셔버렸다. 줄리우스는 염려하는 것 같았다. 왜냐하면 그가 나에게 자신은 30년 전부터 토마토 주스만 마신다고 말했기 때문이다. 그의 숙부 중 한 분이 간경화로 돌아가셨고, 그의 할아버지도 마찬가지라고 했다. 그는 가족력을 피하고 싶어했다. 나는 고개를 끄덕이고 나의 러시아 영약靈藥으로 가볍게 다시 원기를 북돋운 다음, 머릿속에 줄곧 맴돌던 질문을 했다.

"아까는 어떻게 제 집에 오신 거예요?"

그가 이야기를 시작했다. "당신이 약속 장소에, 우리의 두 번째 약속에 오지 않아서 난 무척 놀랐습니다……."

가죽 소파에 편하게 자리잡은 나는 내가 약속 장소에 가지 않은 것이 어떤 점에서 그를 놀라게 했는지 궁금했다. 막강한 힘을 가진 사람들은 '바람 맞는 일'에 익숙하지 않은 걸까.

"무척 놀랐어요." 줄리우스가 반복해서 말했다. "난 살리

나에서의 우리의 첫 만남을 매우 생생하고 따뜻한 추억으로 간직하고 있었으니까요.”

나는 사람 사이의 의사소통 불능이라는 수수께끼에 한 번 더 경탄하며 고개를 끄덕였다.

“나는 말입니다.” 줄리우스가 계속 말했다. “나는 절대 아무에게도 내 이야기를 하지 않습니다. 그런데 그날 오후에 당신에게 아무도 모르는 한 가지를 털어놓았습니다. 물론 해리엇은 예외로 하고요.”

나는 무슨 말인지 이해하지 못한 채 잠시 그를 바라보았다. 해리엇이 누구지? 내가 한 미친 남자에서 또 다른 미친 남자로 넘어온 건가?

“그 영국인 아가씨 말입니다.” 줄리우스가 설명했다.

“우리의 이야기가 내 머릿속에, 생활 속에 가시처럼 박혀 있어요. 내가 거기서 우스꽝스럽게 굴었으니 그때의 일에 관해 자세히 이야기할 수는 없지만, 살리나에서 나는 당신의 눈빛 속에 있는 뭔가를 보았어요. 그걸 통해 당신이 나를 비웃지 않으리라는 걸 깨달았습니다. 그것이 나에게 가져다준 행복을 당신에게 제대로 말할 수는 없을 겁니다. 또 당신은, 당신은 너무나 온화하고 자부심 있어 보였습니다……. 난 정말이지 당신을 다시 만나고 싶었어요.”

그는 이 모든 것을 천천히, 약간 더듬거리며 말했다.

"하지만 어떻게 해서 저를 찾아오신 거예요?" 내가 물었다.

"조사를 했습니다. 우선은 당신 친구들에게 내가 직접 문의했고, 그다음엔 당신이 사는 아파트의 수위, 당신 집의 가정부 등에게 내 비서들을 보냈어요. 내가 당신의 사생활에 끼어들어도 될지 오래 망설였습니다. 하지만 결국 그렇게 하는 것이 나의 의무라고 생각했습니다. 나는 잘 알 수 있었어요." 그가 의기양양한 미소를 띠며 덧붙였다. "수요일 12시에 당신이 살리나에 오는 걸 막는 건 오직 하나뿐이라는 걸."

나는 마지못해 지은 웃음과 정당성이 충분한 격분 사이에서 분열되었다. 이 낯선 남자가 대체 무슨 권리로 내 친구들, 내 가정부, 우리 아파트 수위에게 질문을 했단 말인가? 어떤 감정으로 자신의 호기심과 돈이라는 자원을 동원해 감히 나에게 피해를 입혔단 말인가? 정말로 그가 나에게 그 영국인 대령의 딸과의 가련한 사랑에 대해 이야기했을 때 내가 그의 앞에서 웃음을 터뜨리지 않았기 때문인가? 내가 보기에 그런 것 같지는 않았다. 그의 주위에는 그의 슬픈 사랑 이야기에 진심으로 동정을 표할 만한 사람이 무척 많았다. 그는 나에게 거짓말을 했다. 하지만 왜 거짓말을 한 걸까? 그는 내가 자기를 마음에 들어하지 않는다는 것을, 앞으로도 결코 자기를 마음에 들어하지 않으리란 것을 잘 알고 느꼈을 것이다. 한 남자와 한 여자 사이에는 공격하지 않겠다는 혹은 공모하지 않겠다는 협정이 첫눈에 성립되니 말이다. 허영심은 거의 개와 같은 일종의 본능에 맞서 아무것도 하지 못한다. 나는 잠시 그를, 그의 담대함과 그가 가진 루이 13세 시대 가구들을 증오했다. 그를 지독히도 증오했다. 내가 나무라는 표정으로 혀를 차며 말없이 내 술잔을 그에게 내밀었고 – 그는 그의 조상들이 간경화를 겪었다는 사실 때문에 내가 술을 영원히 단념할 거라는 상상이라도 하는 걸까? – 그는 술잔을 채워주었다.

생각해보자, 나는 파리 서쪽 무척 부유한 탐정 겸 사업가 소유의 어느 집에, 루이 13세 시대에 지은 작은 성에 와 있다. 나는 차가 없고, 짐도 없고, 목적지도 없다. 멀든 가깝든 내 미래에 대해서도 전혀 알지 못한다. 게다가 바깥은 어두워졌다. 지금껏 살아오면서 나는 괴상하거나 웃기거나 침울한 상황을 많이 겪어보았다. 하지만 이번에는 어이가 없다는 면에서 그간의 기록을 깨고 있었다. 나는 그가 경의를 표한, 그의 감격스러운 생각을 인정했고, 지상에서 나의 유일한 행복으로 보이는 그 술을 한 모금 마셨다. 그리고 통조림 위주의 부실한 식단을 주의 깊게 따라서도, 마음 놓고 실컷 따라서도 안 된다는 걸 곧 알아차렸다. 술을 마신 지 얼마 안 되었는데 벌써부터 머리가 어지러웠기 때문이다. 세 가지 버전의 줄리우스 A. 크람을 본다는 개념이 위험하게 느껴졌다.

"음반 없어요?" 내가 물었다.

각자 잠시 당황했다. 그의 경우에는 가학적인 남편으로부터 벗어난 젊은 여자에게서 기대한 것과는 다른 태도였기 때문일 것이다. 줄리우스가 자리에서 일어나 루이 13세 시대 가구의 문을 열었다. 그 안에는 멋진 스테레오 전축이 들어 있었고, 그는 나에게 그 전축이 일본제라고 말했다. 음반의 겉모습으로 미루어 비발디를 예상했지만, 방 안에 울려 퍼진 것은 테발디[8]의 목소리였다.

"오페라 좋아하십니까?" 줄리우스가 물었다.

그는 수십 개의 니켈 도금 손잡이 앞에 웅크려 있었고, 그렇게 하니 실제보다 더 커 보였다.

"〈토스카〉 음반이 있습니다." 그가 조금 의기양양한, 똑같

8　레나타 테발디(Renata Tebaldi, 1922~2004). 이탈리아의 소프라노 가수.

은 억양으로 계속 말했다.

나는 이 남자가 꽤나 야릇하게도 모든 것에 자부심이 있다는 걸 알아차렸다. 실제로 감탄할 만하고 완벽한 전축에 대해서만이 아니라 테발디에 대해서도. 아마도 지금 나는 내가 아는 부유한 사람들 중 자신의 돈에서 실제의 즐거움을 끌어내는 유일한 남자 앞에 있는 것이다. 그리고 그것이 사실이라면, 그건 그의 정신력이 굉장하다는 걸 암시했다. 왜냐하면 내 경험에 의하면 매우 부유한 사람들은 돈이 양날의 무기라는 되풀이되는 구실 아래 끊임없이 나쁜 면으로 힐난받는 의무를 지기 때문이다. 그들은 재산 때문에 조사받고 시샘받고 추방된다고 생각하는 동시에, 그들이 재산 덕분에 손에 넣는 것 중 그들에게 조금이라도 구원이 되어주는 것은 아무것도 없다고 생각한다. 그들이 관대한 것은 스스로 틀렸다고 생각하기 때문이고, 의심이 많은 것은 정당한 태도 안에서 확인된 가장 슬픈 방식으로 스스로를 보기 때문이다. 그러나, 아마도 보드카 때문이겠지만, 나는 여기서 줄리우스 A. 크람이 자부심을 가진다면, 그건 그의 사업 능력 때문이라기보다는 그 능력이 그로 하여금 그가 경탄할 만하다고 생각하는 여성, 즉 테발디의 흠 없고 순수하고 경탄스러운 목소리를 조금의 실수도 조금의 잡음도 없이

들을 수 있게 해주기 때문이라는 인상을 받았다. 마찬가지로, 좀 더 순진하게 생각한다면, 그는 그가 지긋지긋하다고 여기는 운명 속에서 매력적인 젊은 여성 – 나 – 을 손에 넣게 해준 자신의 유능함에, 자기 비서들의 유능함에 자부심을 느끼는 것 같았다.

"이혼은 언제 할 겁니까?"

"제가 이혼할 거라고 누가 그러는데요?" 내가 딱딱하게 되물었다.

"당신은 그 남자와 계속 함께 지내지 않을 거잖아요. 그 사람은 환자예요." 줄리우스가 사려 깊은 표정으로 말했다.

"제가 환자를 좋아하지 않는다고 누가 그러는데요?"

나는 이렇게 말했지만 동시에 나 자신의 기만 때문에 짜증이 났다. 구원자를 따라왔으면 그에게 설명을 허용하는 것이 정상적인 행동이었다. 물론 그 설명이 짧기를 바랄 수는 있었다.

"앨런은 환자가 아니에요. 강박증에 사로잡혀 있을 뿐이죠. 그는 평범한 청년, 아니, 남자예요. 질투에 눈멀도록 태어난 남자. 저는 그걸 너무 늦게 깨달았어요. 하지만 저도 어떤 면에서는 앨런만큼이나 잘못이 있어요." 내가 말했다.

"아, 그런가요? 어떤 면에서 그런데요?" 줄리우스가 콧소리를 내며 말했다.

그는 한 손을 허리에 짚은 채, 내가 미국 재판에서 본 변호사들 같은 공격적인 태도로 내 앞에 서 있었다.

"제가 그를 안심시키지 못했기 때문에 그가 저를 계속 의심한 거예요, 그것이 잘못된 일이라 해도요. 그가 그랬던 데는 뭔가 이유가 있을 거예요." 내가 말했다.

"그는 당신이 자기를 떠날까봐 두려워했던 겁니다. 그리고 너무도 두려워한 나머지 이렇게 되어버린 거예요. 그런 겁니다." 줄리우스가 말했다.

테발디는 유명한 아리아를 노래하고 있었다. 그녀 뒤에서 솟아오르는 음악이 뭔가를 부수고 싶은 욕구를 나에게 불러 일으켰다. 울고 싶은 기분이 들기도 했다. 결정적으로 나는 수면 부족이었다.

"당신은 그건 나와 상관없는 일이라고 말하겠지요." 줄리우스가 계속 말했다.

"그래요, 사실이에요. 이 일은 당신과 상관이 없어요." 내가 난폭하게 대꾸했다.

그는 기분 상한 표정을 하지 않았다. 일종의 연민 어린 표정으로 나를 골똘히 바라볼 뿐이었다. 내가 상식에 어긋나는 말을 큰 소리로 내뱉기라도 한 것처럼. 그가 '이 여자는 자기가 무슨 말을 하는지 몰라'라는 의미의 손짓을 했고, 그 손짓은 끝내 나를 몹시 화나게 만들었다. 나는 소파에서 일어나 직접 보드카를 한 잔 가득 따랐다. 그에게 확실하게 말하기로 결심했다.

"크람 씨, 저는 당신을 알지 못해요. 돈이 많고, 영국인 아가씨와 결혼할 뻔했고, 프랑지판을 좋아한다는 것 말고는 당신에 대해 아무것도 몰라요."

그가 분별없는 여자를 대면한 이성적인 남자의 설득력 있고 체념한 몸짓을 다시 한 번 했다.

"저도 알아요, 제가 잘 이해할 수 없는 이유들로 당신이 저에게 관심을 가지고 저에 관해 알고 싶어한다는 걸. 그리고 마침맞은 시간에 도착해 저를 궁지에서 끌어내주었다는 걸. 그것에 대해서는 당신에게 무척 감사하고 있어요. 하지만 우리의 관계는 여기서 멈추도록 해요." 내가 말했다.

이렇게 말한 뒤 나는 지쳐서 소파에 앉았고, 경직된 표정으로 벽난로의 불길을 응시하기 시작했다. 사실은 차라리 웃고 싶었다. 내가 짧은 연설을 하는 동안 줄리우스가 약간 뒤로 물러서는 바람에 그에게 전혀 어울리지 않는 사슴 머리 두 개 사이에 서 있었기 때문이다.

"당신은 신경질적이군요." 그가 예리하게 말했다.

"대단히 신경질적이죠. 이보다 더 작은 일에도 신경질적인 반응을 보일 거예요. 혹시 수면제 있으신가요?" 내가 대꾸하고는 물었다.

그가 움찔하는 바람에 나는 웃음을 터뜨렸다. 사실 여기 도착한 이후 나는 급작스레 웃음에서 눈물로, 분노에서 경악으로 옮겨갔고, 아마도 고딕 스타일로 만들어졌을 푹신한 침대를 간절히 꿈꾸기 시작했다. 내 불행한 몸뚱어리를 거기에 누일 수 있을 것이다. 지금 같아서는 사흘 동안 내리 잘 수 있을 것 같았다.

"무서운 생각은 하지 마세요. 저는 당신 집에서도, 다른 어디에서도 자살할 생각은 없으니까요. 단지 당신 비서가 당신에게 보고한 대로, 최근 며칠 동안 꽤나 힘들었어요. 하지만 그것에 대해 이야기하고 싶은 마음은 없네요." 내가 줄리우스에게 말했다.

나는 '비서'라는 단어를 말하며 눈살을 찌푸렸다. 그가 다시 돌아와 내 맞은편에 앉더니 다리를 꼬았다. 나는 기계적으로 그의 발이 무척 크다는 생각을 했다.

"내 비서들이 나에게 무척 헌신적인 것과 별개로, 나는 당신에게 무척 헌신적인 당신 친구들과도 많은 이야기를 나누었습니다. 그들이 당신을 걱정하더군요."

"오호라, 그러니 당신이 그들을 안심시킬 수 있겠네요. 제가 적어도 며칠 동안은 여기에 안전하게 있을 거라고 말이에요." 내가 빈정거리며 말했다.

우리는 경계하듯이 서로를 바라보았다. 하지만 누가 누구를 경계하는 것인지 알지 못했다. 내가 여기서 뭘 하고 있는 거지? 그리고 이 남자는 무슨 생각을 하고 있을까? 내게서 무얼 알고 싶어하고, 그 이유는 무엇일까? 내 손이 살리나에서처럼 다시 떨리기 시작했다. 상황이 절박해져서 자러 가야 했다. 몇 잔 더 마시고 질문 몇 개가 더 오가면, 아마도 그것만 기대하고 있을 이 미지의 남자의 어깨에 울면서 무너져내릴 것 같았다.

"제가 머물 방을 보여주는 친절 정도는 베풀어주시겠죠." 내가 말했다. 그리고 일어섰다.

나는 줄리우스와 집사장에 둘러싸여 계단을 올랐고, 예상했던 대로 고딕 스타일 침실 안에 있게 되었다. 그들에게 밤인사를 한 뒤, 창문을 열고 시골의 달콤하도록 신선한 밤공기를 잠시 들이마셨다. 그런 다음 침대로 돌진했다. 이후 눈을 감고 얼마 안 되어 잠에 빠져든 것 같다.

5장

그다음 날 아침, 나는 당연히 매우 좋은 기분으로 잠에서 깨어났다. 방 안은 여전히 음산했고 상황 역시 혼란스러웠지만, 내 안의 무언가가 짧은 사냥 노래를 휘파람으로 읊조리고 있었다. 나는 항상 계제에 맞지 않게 행동했다. 삶이 내가 페달을 소홀히 관리한 혹은 분별없이 마구 사용한 그랜드 피아노이기라도 한 듯이 내 행복과 성공의 교향악 서곡들을 에투페[9]로 연주하고, 내 우울의 월광月光들을 포르테피아노로 연주하기 시작했다. 나는 기뻐해야 할 때 멍했고, 나쁜 일에 즐거워했다. 그렇게 나를 사랑하는 사람들의 예측 속에서, 다시 말해 그들의 느낌 속에서 나를 사랑하는 모든 사람들을 끊임없이 속였다. 정신적 타락 때문이 아니라, 때때로 사람들이 어떤 피아니스트들에게 보고 싶어하는 것처럼 내 안의 누군가가 거침없이 뚜껑을 닫아버리고 싶어 죽을 지경이었고, 그 일시적 단순화 속에서 때때로 삶이 나에

---

9 '음을 억제해서' '약음기를 써서'라는 뜻.

게 너무 노골적이고 우스꽝스럽게 보였기 때문이다. 그 피아니스트, 어쨌든 두 명의 피아니스트 중 한 명이 바로 나였다.

앨런과 나, 둘 중 누가 스스로에게 더 나쁜 짓을 한 걸까? 앨런은 여기서 50킬로미터 떨어진 곳에서 양손으로 눈을 가린 채 자기 심장 소리만 들으며 소파에 웅크려 누워 있을 것이다. 그리고 나는 진이 빠진 채 지난밤부터 들리던 새 울음소리에 귀 기울이고 있다. 우리 둘 중 누가 더 외로울까? 너무도 지독한 사랑의 슬픔이 이름 없는 고독, 메아리 없는 고독보다 더 나쁠까? 나는 잠시 줄리우스를 생각했고, 웃음을 터뜨렸다. 만약 그가 자신의 계략 속에 나를 끌어들일 생각이라면, 나를 주도면밀한 사업가의 체스판 위 그가 이미 정해둔 어떤 자리에 있게 하려 한다면, 그는 어려움을 겪을 것이다. 짧은 사냥 노래가 점점 더 즐겁게 울려퍼졌다. 나는 아직 젊고, 다시 자유로워졌다. 누군가가 나의 환심을 사려 했고 날씨는 화창했다. 게다가 앨런은 그렇게 빨리 나를 찾아내지는 못할 것이다. 나는 옷을 입고 아침 식사를 하고 파리로 돌아가, 어떤 일이든 일자리를 구할 것이다. 나를 다시 만나면 친구들이 무척 기뻐하겠지.

집사장이 바퀴 달린 이동식 테이블을 끌고 내 방으로 들어왔다. 테이블 위에는 토스트와 정원에서 딴 꽃이 놓여 있었다. 그가 크람 씨는 점심 약속이 있어서 파리에 갔다고 나에게 알려주었다. 그 약속 시간까지는 한 시간도 남지 않았다. 그러니까 내가 열네 시간을 잔 것이다. 나는 낡은 스웨터와 내 새로운 이기주의를 보란 듯이 과시하며 계단을 내려갔다. 그리고 안뜰을 몇 걸음 걸었다. 안뜰은 비어 있었다. 창문들 뒤에서 왔다갔다하는 그림자들이 보였다. 거기에는 기다림의 분위기 같은 것이 있었다. 실체는 없는, 집주인에 대한 기다림. 줄리우스 A. 크람의 삶은 그다지 즐거운 것은 아닌 듯했다. 나는 개 사육장이 있는 곳으로 가서 내 손을 핥는 개 세 마리를 쓰다듬었고, 그중 한 마리를 입양해 파리로 돌아갈 때 데려가기로 마음먹었다. 나는 일을 하면서 사랑으로 그 개를 먹여 살릴 것이고, 그러면 그 개는 내 장딴지를 물거나 나에게 이런저런 질문은 하지 않을 것이다. 지금의 상황이 더 촘촘하긴 하지만, 15~20년 전 기숙사에서 나왔을 때도 나는 정확히 같은 종류의 느낌을 경험했다. 물론 이번에는 그 느낌을 의식하고 있었다. 파트너가, 삶이, 그리고 나이가 바뀌기 때문에, 우리는 자신의 느낌이 사춘기 때의 느낌과 정확히 똑같은데도 다르다고 생각한다. 자유롭고자 하는 욕구, 사랑받고자 하는 욕구, 회피 본능, 사냥 본능,

이 모든 것이 매번 신의 축복인 기억의 오류 덕분으로 혹은 순진하고 매우 독창적인 포부 덕분으로 보인다.

집으로 돌아가려던 나는 드부 부인이 온 것을 보고 그녀의 품안으로 뛰어들었다. 너무나 망연자실해 있는 상태라, 그녀가 발작적으로 나에게 세 번이나 입을 맞추고 점잖지 못한 어조로 "당신 대체 여기서 뭐 하는 거예요?"라고 말하는데도 군소리 없이 가만히 있었다.

"줄리우스가 나에게 전부 이야기해줬어요." 그 예절의 중재자가, 까다로운 상황을 해결하는 기술자가 외쳤다.

"그가 오늘 아침 일찍 나에게 이야기해줬고, 그래서 내가 여기로 온 거예요. 그뿐이에요."

그녀는 내 팔짱을 끼더니, 자갈 위에서 비틀거리며 장갑 낀 손으로 내 팔을 토닥토닥 두드렸다. 그녀는 우아한 올리브그린색 스웨이드 투피스 차림이었지만, 공교롭게도 그 옷 때문에 그녀가 한 도시 스타일의 화장이 흐릿한 햇빛 아래에서 두드러지게 부각되었다.

"난 20년 전부터 줄리우스와 알고 지냈어요. 그는 늘 예절에 대한 감각이 뛰어나죠. 그는 이 모든 일이 납치처럼, 비밀처럼 보이길 원치 않았어요. 그래서 나에게 전화를 한 거고요." 그녀가 말했다.

그녀는 『삼총사』를 연상케 하는 능란함을 보여주었다. 내가 말없이 있자 그녀는 나의 침묵을 감사의 의미로 받아들인 것 같았고, 이어서 이렇게 말했다.

"그리고 난 그게 전혀 거북하지 않았어요. 라세르에서 지루한 점심 식사를 했고, 당신들 둘을 위해 이 심부름을 할 수 있어서 오히려 기분이 좋았어요. 그나저나 이 허술한 집의 입구는 어디죠?" 그녀가 우렁찬 목소리로 덧붙였다. 올리브 그린색 스웨이드 투피스로 버티기엔 날씨가 무척 추웠기 때문이다. 그 순간 마치 꿈처럼 문이 열리고 침울한 표정의 집사장이 모습을 드러냈고, 우리는 응접실로 들어갔다.

"여긴 음산하네요. 마치 코르누아유에 있는 것 같아요." 그녀가 응접실 안을 둘러보며 말했다.

"저는 코르누아유에 가본 적이 없어요."

"브로데릭 집에 가본 적이 없다고요? 브로데릭 크랜필드 말이에요. 없어요? 그렇군요, 그곳도 여기처럼 사냥용 별장인데. 그곳은 황야 한가운데에 있어요. 아마 파리에서 50킬로미터 거리일 거예요."

이 말을 한 뒤 드부 부인은 자리에 앉아 나를 뚫어져라 바라보았다. 그녀가 내 안색이 좋지 않다고 말했다. 그렇다 해도 놀랄 것은 전혀 없었다. 그녀는 줄곧 앨런이 매우 이상하다고 생각해왔으니까. 하긴 파리 전체가 그렇게 생각했다. 게다가 그녀는 내 부모님과 친구 사이기에 내 걱정을 많이 했다고 했다. 나는 놀라서 그 새로운 사실에 귀 기울였다. 그녀가 내 부모님과 아는 사이라는 건 전혀 몰랐다. 그리고 그녀가 이야기를 마치며 자기와 함께 돌아가자고 했을 때, 현재 아르헨티나에 있는 자기 며느리의 임시 거처를 나에게 빌려주겠다고 했을 때, 나는 고분고분하게 고개를 끄덕였다.

줄리우스 A. 크람이 나를 놀라게 한 건 거기서 끝이 아니었다. 그는 마술사처럼 소매 안에 온갖 것을 다 갖고 있었다. 고릴라 같은 운전기사들, 사설 탐정들, 헌신적인 비서들, 귀족 약혼녀들, 그리고 심지어 샤프롱[10]까지. 게다가 어떤 샤프롱인가! 선한 업적만큼이나 행동이 잔혹하기가 비할 데 없는 – 수적으로도 – 여자, 우아한 만큼이나 비열한 여자, 한마디로 사람들이 완전무결하다고 말하는 여자들 중 한 명이었다. 물론 그녀가 나라는 존재에게 지각되고 나에게 개입하게끔 하는 힘은 줄리우스 A. 크람이 갖고 있었다. 결국 그녀에게 나는 미지의 여자아이였을 뿐이다. 드부 부인은 전쟁

10 젊은 여자가 사교장에 나갈 때 따라가서 보살펴주는 사람.

전에 내 부모님을 만난 것 같았다. 하지만 그 후 나는 완전히 다른 환경에서 젊은 시절을 보냈고, 미국으로 건너가 살았으며, 앨런이라는 이름의 우아한 젊은 남자와 함께 돌아왔다. 드부 부인은 앨런이 유복한 미국인이고 조금 이상하다는 것 말고는 앨런에 대해 아무것도 몰랐다. 줄리우스가 나에게 홀딱 반한 건 그리 중대한 일은 아니었다. 드부 부인이 나를 추종자로 만들지 희생자로 만들지는 그녀 자신도 나중에 알게 될 것이다.

줄리우스는 정시에 도착했고, 자신의 두 여자가 난롯가에서 수다를 떨고 있는 모습을 보고 기분이 좋은 듯했다. 그는 드부 부인에게 따뜻하게 감사를 표했고, 그렇게 해서 나는 그녀의 이름이 이렌이라는 사실을 알게 되었다. 줄리우스는 나에게 의기양양한 눈길을 던졌다. 정말이지 모든 것을 생각한 남자의 눈길이었다. 우리는 이런저런 이야기를, 다시 말해 아무것도 아닌 이야기를 나누었다. 같이 식탁에 앉았을 때 교양 있는 사람들이 하는 행동 요령으로. 사실 접시 하나, 식사 도구 하나, 테이블에 나온 첫 전채 요리가 문명화된 존재들에게 신중함을 강요하는 것 같았다. 반면 식탁에서 일어선 뒤, 그러니까 커피잔을 앞에 두고 응접실에 다시 모여 앉았을 땐 나의 미래가 다시 화제에 올랐다. 그러니까 나는 스폰티니 로路에 있는, 이렌 며느리의 아파트에 임시로 살게 될 것이다. 줄리우스의 변호사 뒤퐁 코르메유 씨가 앨런과 접촉할 것이고, 우리는 다음 토요일에 오페라에서 열리는, 버림받은 노인과 범죄자들을 위한 협회 혹은 그와 비슷한 어떤 것을 위한 멋진 갈라쇼에 갈 것이다. 나는 그들이 어린아이에 대해 이야기하듯 일종의 불신과 즐거운 놀라움으로 나에 대해 하는 이야기를 경청했는데, 결국 그것은 나를 불안하게 만들었다. 어쩌면 나는 정말로 그들이 보호해 주어야 할, 쉽게 상처받고 무력하고 매력적인, 요컨대 무책임한 젊은 여자인지도 몰랐다. 나 같은 사람들, 보호자나 부모가 나타나 간섭하게 하는 사람들이 존재한다. 부모들은 얼마 안 가 불안이나 짜증을 불러일으키고, 우리는 그들의 결정으로는 아무것도 바뀌지 않음을 그들에게 보여준다. 그리하여 그들은 배은망덕한 아이의 부모가 된다. 그게 전부다.

우리는 요새화된 농가를 침울한 집사장에게 맡겨두고 5시경에 서둘러 파리로 다시 출발했다. 나는 드부 부인 며느리의 아파트 안 작은 응접실에 앉아, 줄리우스의 운전기사가 집(이제 그 집은 불길한 장소가 되었다. 그 새장, 내 이상한 남편 앨런이 엄하게 다스리며 내가 절대 다시 걸리지 않을 그 덫 말이다)에 있는 내 옷가지를 가져다주기를 조용히 기다렸다. 줄리우스 A. 크람과 드부 부인은 좌안에 새로 생긴 레스토랑에서 8시에 열 명이 모이는 친밀한 저녁 식사 자리에 나를 데려가려 했고, 나는 가지 않겠다고 고집을 부리다가 빗속으로 뛰쳐나가 오랫동안 걸었다. 그리고 내 친구들인 말리그라스 부부 집으로 피신했다. 그들은 나이 들고 사람 좋은 부부로, 내가 불시에 찾아가기 좋은 곳에 살고 있었다. 나는 그들 집에서 평온하게 잠을 잔 뒤, 옷을 갈아입기 위해 다음 날 정오에 스폰티니 로의 아파트로 돌아갔다. 이것이 내가 처음 저지른 엉뚱한 짓이었고 결과적으로 잘못된 판단이었다.

내가 돌아간 후 이어진 폭풍과도 같은 점심 식사 동안, 나는 내 운명에 관한 나의 생각을 그들에게 이해시키는 데 차츰 성공했다. 나는 스튜디오 하나를 구하고 일을 해서 내 숙식을 해결하고 싶었다. 나의 반항에 매료된 듯한 드부 부인은 그 점심 식사 자리에 꼭 참석하려 했다. 그녀는 손에 낀 반지들을 두들겼고, 나의 대수롭지 않은 주장들이 터무니없기라도 한 듯 줄리우스가 어리둥절한 표정으로 나를 바라보는 동안 때때로 깊은 한숨을 쉬었다. 내 나이 든 친구 알랭 말리그라스가 어느 잡지사에서 일해보라고 제안했다. 자신이 그 잡지사 대표를 잘 알고 있으며, 그 잡지는 음악, 그림 그리고 미술품들을 다룬다고 했다. 이름 없는 잡지사여서 박봉을 받을 것이 분명했지만, 그림에 대한 나의 대단찮은 지식이 도움이 되기는 할 터였다. 게다가 말리그라스는 그가 일하고 있는 출판사에 독자로서 참여하게 해주겠다고 단언했고, 그럴 수 있다면 재정적으로도 더 충실해질 터였다. 드부 부인은 점점 더 깊이 한숨을 쉬었지만, 내가 고집 센 표정으로 그들에게서, 최소한 줄리우스로부터 빠져나가려 하자 외교적 수완을 발휘했다.

"난 걱정이 되는군요, 조제." 그녀가 슬퍼하는 목소리로 말했다. "무척 흥미로운 그 모든 일이 당신을 아주 멀리 데려갈까봐 말이에요. 난 재정적인 이야기를 하는 거예요. 그런데." 그녀가 줄리우스를 향해 말했다. "이 여인이 완전히 독립하길 고집한다면, 그리고 그 형용사를 표현할 수 없는 방식으로 발음한다면, 내버려둬야 해요. 이 시대의 젊은 여자들에겐 그런 강박증이 있으니까. 그녀들은 일하기를 원하니까요."

"제 경우에 그건 오히려 의무사항일 거예요." 내가 말했다.

드부 부인이 입을 열었다가 다시 닫았다. 그녀가 무슨 생각을 하는지 나는 아주 잘 알고 있었다. '이 어리석은 꼬맹이, 앙큼한 위선자. 줄리우스 A. 크람이 네 뒤에 있으니까…….' 그녀는 정말로 이 말을 할 뻔했다. 하지만 내 눈길이, 혹은 줄리우스에게 약간 겁을 먹은 듯한 표정이 상황이 그렇게 간단하지 않다는 걸 그녀에게 알려주었다. 천사 혹은 악마 한 무리가 지나갔고, 줄리우스가 말을 이어받았다.

"나는 당신의 마음을 십분 이해합니다. 당신이 허락한다면 내 비서들 중 한 명에게 당신이 지낼 스튜디오 하나를 찾아보라고 할게요. 그러면 당신은 그 잡지사 사람들이나 다른 사람들을 안심하고 만나볼 수 있을 거예요. 그러는 동안 이렌이 당신에게 숙식을 제공한다면, 당신도 그 호의를 받아들일 수 있을 거라 생각합니다."

나는 침묵을 지켰고, 줄리우스는 억지웃음을 지었다.

"숙식을 제공하는 기간이 길어지지는 않을 겁니다, 내가 보장해요. 내 비서는 일을 아주 잘하거든요."

덫에 걸려든 느낌이 조금 들었지만 나는 승낙했다.

그래도 줄리우스가 나에게 거짓말을 한 건 아니었다. 그의 비서는 정말로 일을 잘했다. 다음 날이 밝자마자 그녀가 부르고뉴 로에 있는, 안뜰이 내다보이는 침실 겸용의 작은 스튜디오를 나에게 보여주었다. 전체를 사용하는 가격이 터무니없이 저렴했다. 그 비서는 키가 큰 금발 여자로, 안경을 꼈고 체념한 표정이었다. 내가 정말로 좋은 곳을 찾아주었다고 고마움을 표하자, 그녀는 침울한 목소리로 그건 자신의 의무 중 하나라고 대답했다. 그리고 그날 오후, 나는 앞에서 언급한 잡지사 대표 뒤크뢰의 사무실을 찾아갔다. 알랭 말리그라스가 파리에서 그렇게 영향력이 큰지 미처 몰랐다. 뒤크뢰가 나를 환영해주고 몇 가지 질문을 하더니 내가 해야 할 일을 바로 설명해주어서 놀라기도 했다. 뒤크뢰는 그 자리에서 적절한 봉급으로 나를 고용했다. 나는 알랭 말리그라스에게 달려가 고마움을 전했고, 그는 놀란 것 같았지만 나만큼이나 흡족해했다. 확실히 운이 좋았다. 나는 그날 저녁에 바로 스폰티니 로의 아파트를 떠나 이사했다. 창가에 몸을 기댄 채 세 층 아래 안뜰 깊숙한 곳에 있는 화단을 내려다보고, 친절하게도 집주인이 빌려준 라디오에서 나오는 말러의 교향곡에 귀 기울였다. 갑자기 내가 수완이 좋고 독립적이고 완전히 자유롭다는 것을 깨달았다. 나 자신을 변호하기 위해, 내가 태생적으로 매우 순진하며 순진하게 살아왔다는 것을 말해야겠다.

내친김에 앨런에게 전화를 걸었다. 그가 차분하고 온화한 목소리로 전화를 받아서 나는 깜짝 놀랐다. 내가 다음 날

11시쯤 만나자고 했고 그는 "그래, 물론이지. 여기서 당신을 기다릴게"라고 말했지만, 나는 단호히 거절했다. 나 자신이 여성 주간지에서 볼 수 있는 지혜로운 여자로 느껴졌다. 놀라울 정도로 정서가 안정되어 있고 자신의 배우자, 아이들, 사장 그리고 수위에게 능숙하게 행복을 가져다주는 그런 여자 말이다. 간단히 말해서, 도취시키는 이런 이미지가 나에게 결단력 있는 목소리를 부여한 것 같았다. 앨런은 뜻을 굽히고 투르비유 가街의 오래된 카페에서 만나자는 내 제안을 받아들였다.

다음 날 나는 똑같은 효율감을, 의지를, 나에게 새로운 삶이 시작되었다는 똑같은 기분을 느끼며 잠에서 깨어났다. 그리고 앨런과의 약속 장소에 갔다. 앨런이 벌써 와서 커피 한 잔을 앞에 놓고 앉아 있었다. 그가 자리에서 일어나 나를 맞이하고, 테이블을 밀어주고, 세상 당연한 일인 듯 내가 외투 벗는 것을 도와주었다. 모든 것이 잘될 것 같았다. 아마도 나는 이 열광의 3주를 꿈꿔왔을 것이다. 강박증에 붙들려 3년을 보냈는데 안 될 것이 무엇인가. 내 앞에 있는, 말끔히 면도하고 짙은 색의 옷을 갖춰 입고 정중한 자세로 앉아 있는 이 젊은 남자도 결국 나를 이해할 것이다.

"앨런, 많이 생각해봤는데, 나 새로운 마음으로 혼자 살

거야. 일자리랑 스튜디오도 구했어. 그렇게 하는 게 훨씬 나을 것 같아. 당신에게도 나에게도." 내가 말했다.

그가 예의 바르게 고개를 끄덕였다. 약간 졸린 듯한 표정이었다.

"어떤 일인데?" 그가 물었다.

"잡지사야, 알랭 말리그라스의 친구가 운영하는 미술 잡지. 당신도 알겠지만, 알랭이 무척 친절하게 대해줬어." 운 좋게 나는 그에게 알랭 이야기를 할 수 있었다. 알랭은 그의 질투를 유발하기에는 나이가 너무 많았다.

"잘됐네. 당신 꽤 빠르게 곤경에서 벗어났어……. 아니면 오래전부터 계획한 건가?" 앨런이 말했다.

"운이 좋았어. 아니면 두 배로 운이 좋았거나. 스튜디오와 일자리가 모두 생겼으니까." 내가 무턱대고 말했다.

앨런은 점점 더 졸린 표정, 점점 더 수긍하는 표정이 되었다.

"당신 스튜디오 커?"

"아니. 방 하나, 대수롭지 않은 응접실 하나야. 하지만 조용해." 내가 말했다.

"그럼 우리 아파트는 어떻게 해?"

"그건 당신한테 달린 일이지. 당신이 파리에 머물 건지 아니면 미국으로 갈 건지에 따라."

"당신은 내가 어떻게 하면 좋겠어?"

나는 의자에 앉은 채 동요했다. 오셀로를 만날 거라 예상했지만, 내가 만난 것은 엄지 동자였다.

"당신이 결정해야지. 어쨌거나 당신 어머니가 당신을 보고 싶어할 거야." 내가 조심스럽게 말했다.

앨런이 웃음을 터뜨렸다. 내가 너무도 오랫동안 저의 없이 믿었던 젊고 즐거운 웃음이었다.

"어머니는 주식이나 브리지 게임을 하겠지. 그런데 나 혼자 돌아가서 어머니에게 뭐라고 말하지?" 그가 말했다.

나는 그에게로 몸을 기울인 다음, 한 손을 그의 소매 위에 조심스레 올렸다.

"그냥 우리 사이가 그리 좋지 못했다고 말씀드려. 곧바로 이혼에 대해 말씀드릴 필요는 없고."

"그것도 말씀드려야겠지." 앨런이 말했다. 그의 목소리는 더 이상 졸린 느낌을 주지 않았다. 목소리가 치찰음이 나고 조금 날카로워졌다.

"돈이 무지 많은 역겨운 늙은이한테 아내를 납치당했다는 것도 말씀드려야겠지? 당신에겐 분명 애인들이 있었어, 조제. 하지만 내가 알기로 당신은 그들이 더 잘생겼다고 여겼어. 정말이지 당신이 그 괴상한 늙은이와 고릴라 같은 운전기사와 함께 도망친 것보다 더 비열한 일을 나는 본 적이 없어. 그 사람이 언제부터 당신 애인이 된 거야?"

또 시작이었다. 이럴 거라는 걸 예상해야 했다. 언제나 그랬듯이 또 시작될 것이다.

"그건 전혀 사실이 아니야. 사실이 아니라는 걸 당신도 알잖아." 내가 말했다.

"그럼 대체 무슨 수로 아무것도 할 줄 모르는 당신이 일자리를 구했지? 그리고 스튜디오도. 혼자 뭔가를 해나갈 능력이 전혀 없는 당신이 말이야. 당신은 돈 한 푼 없이 집을 나가서 이틀 뒤에 지낼 곳과 일자리를 구해 의기양양하게 다시 나타났어. 그런데 당신 말을 믿으라고? 지금 날 놀리는 거야?"

우리에게서 가까운 카운터에 남자 한 명이 있었다. 그 남자는 조용히 맥주를 마시고 있었는데, 우리 테이블에서 조금씩 거리를 두고 멀어져갔다. 이제 그는 카운터 다른 쪽 끝에서 우리를 보고 있었다. 그 남자가 우리를 바라보았고, 그래서 나는 앨런이 너무 큰 소리로 이야기하고 있다는 걸 알았다. 속삭이는 목소리에 익숙해지듯 그의 커다란 목소리에 너무 익숙해 있어서, 그가 한계를 넘어서도 나는 자각하지 못했다. 앨런은 격분해서 나를 보고 있었고 증오로 폭발하기 직전이었다. 우리는 그런 지경에 다다라 있었다. 갑자기 나의 소소한 계획들, 칭찬받을 만한 야망들, 내 새로운 삶, 이 모든 것이 하찮고 근거 없는 것으로, 그리고 완전히 가짜로 보였다. 진실은 상처받고 모욕당하고 격노한 이 얼굴, 오랫동안 나에게 사랑의 얼굴이었던 이 얼굴에 있었다.

"당신을 되찾을 거야. 난 당신과 절대 헤어지지 않을 거고, 당신은 내게서 결코 벗어나지 못할 거야. 당신은 내가 어디에 있는지, 내가 무엇을 하는지 모르겠지. 하지만 내가 당신을 잊었다고 생각할 때 난 당신의 삶에 다다를 거야. 그리고 모든 걸 망가뜨릴 거야." 앨런이 말했다.

그가 나를 저주하고 있다는 느낌이 들었고 나는 겁이 났다. 그리고 다음 순간 내 안에서 뭔가가 깨어났다. 나는 카페의 벽들을, 손님들의 얼굴을, 바깥의 새파랗고 선명하고 차가운 하늘을 다시 보았다. 외투를 집어들고 뛰어서 달아났다. 내가 사는 곳이 어디인지, 내가 누구인지, 내가 무엇을 해야 하는지 잠시 알 수가 없었다. 저 음산한 카페에서 가능한 한 빨리 그리고 가능한 한 멀리 달아나야 한다는 것 말고는. 택시를 잡아타고 에투알 광장으로 가자고 했다. 그렇게 센 강을 건넜다. 정신을 차리고 다시 차를 돌리게 해 부르고

뉴 로에 도착했다.

족히 30분 정도 침대에 누워 내 심장박동에 귀 기울이고, 벽지의 꽃무늬들을 골똘히 관찰하고, 숨을 들이쉬고 내쉬었다. 그러다가 전화 수화기를 들고 줄리우스에게 전화를 걸었다. 그가 나를 데리러 왔고, 우리는 조용한 레스토랑으로 점심을 먹으러 갔다. 거기서 그는 나에게 자기 사업 이야기를 했다. 그 이야기는 내 흥미를 끌지 않았지만 나에게 큰 도움이 되었다. 내가 줄리우스에게 전화를 건 것은 처음이었다. 하지만 거의 기계적인 행동이었다.

6장

두 달 뒤, 나는 어느 러시아 극단의 공연이 끝난 뒤 오페라의 휴게실에서 줄리우스 A. 크람, 디디에 달레와 함께 밤참을 먹고 있었다. 나는 주위에서 들려오는 발레 애호가들 무리의 즐거운 잡담에 귀 기울였다. 우리가 디저트를 먹을 때쯤엔 문인 한 명, 화가 두 명, 네다섯 사람의 사생활이 도마에 올라 지탄을 받고 있었다.

내 옆에 있던 디디에 달레는 귀 기울여 듣기만 하고 말이 없었다. 그는 그런 공개 처형을 싫어했고, 나는 그런 점에서 그를 좋아했다. 그는 키가 컸고, 나이는 많지만 청년 같았다. 매력이 넘치는 남자지만, 오래전부터 지나치게 잘생기고 지나치게 냉혹하고 지나치게 젊은 남자들을 좋아했다. 우리는 그 남자들을 한 번도 보지 못했다. 그가 그들을 숨겼기 때문이 아니라, 직업과 계층에 따라 그가 저녁 식사를 함께하는 사람들이 무척 지루해할 불량배나 부랑자들이 그의 취향이었기 때문이다. 열렬하고 불행한 연애사건들은 제쳐두더라도, 그의 취향 때문이 아니라 그 취향이 그에게 주는 고통 때문에 그를 조금 멸시하는, 메마른 마음을 가진 그 사람들이 그의 진짜 가족이었다. 발자크가 말했듯이, 큰 성공을 거두면 우리는 원하는 대로 파리에 살 수 있고, 나는 내 친구 디디에의 체념한 옆모습을 보며 발자크를 생각했다. 디디에는 우연히 나의 친구가 되었다. 아마 처음에 나를 테이블 끄트머리에, 다시 말해 디디에 옆에 앉힐 정도로 줄리우스와 드부 부인의 후견이 그 사람들의 눈에도 퍽이나 모호하게 보였기 때문일 것이다. 나와 디디에는 어떤 책들에 대한 똑같은 경탄을 발견했고, 나중에는 무상성과 웃음에 대한 공통의 취미를 발견했다. 우선은 그것이 우리를 공모하게 해주었고, 그 후에는 몇 번의 만남과 다른 친구들 덕분에 그렇게 되었다.

체계적이고 틀에 박힌 삶이 점점 더 매력적으로 보였다. 내가 다니게 된 잡지사는 발행 부수가 보잘것없었지만 분위기는 좋았다. 대표인 뒤크뢰는 내가 쓴 기사들에 흥미를 보였고, 나는 나를 열광시키거나 흥분하게 하는 갤러리들, 화가들을 탐방하며 온종일 시간을 보냈다. 항상 편집증적이고 피학적이고 매우 재미있는 그림 애호가들의 수다의 물결에 잠겨 있었다. 나는 물질적으로 셈하지 않는 데 익숙한 사람들에게 요령 있게 대처했다. 집주인 뒤팽 부인은 매우 탐욕스러워 보이는 인상이었지만 나에게는 천사처럼 대해주었다는 사실도 말해둬야겠다. 그녀의 가정부가 내가 해야 할 침구 관리, 세탁, 장보기를 맡아 해주었는데, 이 모든 것에 대한 비용 역시 집세와 마찬가지로 말도 안 되게 저렴했다. 그 스튜디오는 내가 내는 집세보다 세 배는 더 가치가 있었는데, 집주인 아주머니의 육식동물 같은 입과 양손을 볼 때마다 그 사실에 놀라지 않을 수 없었다. 옷 문제는 드부 부인 덕분에 거의 해결되었다. 그녀는 기성복 상점 – 기성복이라고 말해야 한다 – 의 점장 한 명을 아주 잘 알고 있었고, 덕분에 나는 아무 때나 그 상점에 가서 돈을 지불하지 않고 저녁 시간에 입을 마음에 드는 옷을 고를 수 있었다. 상점 주인은 그것이 홍보의 일환이라고 말했지만, 나는 유명한 사람이 아니니 그건 아닌 것 같았다. 줄리우스 A. 크람과 동반한다는 사실이 그걸 설명해주는 것도 아니었다. 어떤 신문도 그나 그의 재산에 대해서 이야기하지 않았으니 말이다.

나는 하루걸러 한 번 저녁 시간에 줄리우스 A. 크람 그리고 그의 즐거운 친구들 무리와 밖에서 시간을 보냈다. 나머지 시간에는 옛 친구들을 만나거나 혼자 집에서 그림에 관한 방대한 에세이들 속에 파묻혀 있었다. 내가 약간 건방져지기 시작했기 때문이다. 언젠가 내가 한 화가를 도울 수 있을 거라는 생각, 혹은 더 좋게는 내 힘으로 위대한 재능을 지닌 화가를 발굴할 수 있을 거라는 생각을 했다. 그것이 불가능해 보이지 않았다. 그러기를 기다리며 하찮은 짧은 기사들을 썼다. 아니, 화가들을 찬미하는 하찮지만 호의적인 기사들을 썼다. 때때로 누군가가 나에게 그 기사들에 대해 언급했고, 나는 그것에 자부심 같은 것을 느꼈다. 과장하자면 희미한 쾌락 같은 것이었다. 열정이 차오르는 느낌 말고도, 늘 완벽하게 쓸모없는 인생을 살아온 내가 마침내 누군가를 도울 수 있게 되었다는 생각이 들었다. 그건 나 자신의 눈에 나를 정당화하려는 필요에 의한 것은 아니었다. 특히 앨런과 함께 해변에서 한가롭게 지낸, 그를 사랑한 최근 몇 년 내내 나는 일말의 죄책감도 느끼지 않았다. 나는 그를 사랑하는 걸 멈춰야 했고, 그는 그걸 느껴야 했다. 내 인생이 내가 부끄러워하는 불행한 것이 되었으니 말이다. 어쨌든 우리 이야기의 끝은 내가 다른 남자에 의해 주어진 다른 행복을 고려하기에는 너무 폭력적이고 고통스러웠다. 그런데 이 하찮은 일이 내 삶에 새로운 일관성을, 새로운 색채를 부여해주었다. 나는 신뢰할 수 있는 저녁 시간에 이 모든 것을 줄리우스에게 이야기했고, 그는 내 말에 동의했다. 그는 미술에 대해 아무것도 알지 못했고 관심도 없었다. 하지만 자존

심을 부리거나 창피해하지 않으면서 그 사실을 시인했고, 그런 이야기를 하며 며칠을 보내고 나니 내 마음도 한결 편안해졌다. 그 두 달 동안, 줄리우스는 안심 되는 얼굴을 나에게 보여주었다. 누가 그에게 이야기하고 싶어할 때 그는 늘 그 자리에 있었다. 그는 우리 사이의 친밀감을 전혀 암시하지 않고 나를 곳곳으로 데려갔고, 마침내 나는 그의 본성에 대한 나의 몰이해를 넘어서서 그가 매우 성실하다고 생각했다. 때때로 나는 그의 눈길이 나에게 놓이는 것을 느꼈다. 그가 뭔가 묻는 듯한 집요한 눈길을 보낼 때면 나는 고개를 돌려버렸다. 나는 혼자 살았다. 앨런은 미국으로 돌아갔지만 여전히 너무 가까이 있었다. 나는 어느 젊은 평론가를 사흘 연속 내 집에 데려왔다. 그것은 사고였다. 그날 밤 나는 확실히 두려웠다. 몇 년 동안 어두운 방 안에서 다른 사람의 숨소리가 들리지 않는 것에 호되게 놀라지 않고는 잠 혹은 밤샘 근처에 가보지 못했던 것이다.

그리고 그날 저녁 그 일이 일어났을 때, 나는 나의 재정적 후원자와 새로 사귄 불행한 친구 사이 따뜻한 곳에 편안히 앉아 축제가 펼쳐지는 모습을 평화롭게 바라보고 있었다. 손님 중 무척 잘생긴 젊은 남성 작가가 있었다. 새로 온 거만한 남자인데 인기가 좋았다. 그가 몹시 취해서 갑자기 디디에에게 말을 걸었다. 디디에는 나처럼 조금 졸려 보였고, 그래서 누가 자기에게 말을 걸었다는 걸 곧바로 알아차리지 못했다.

"디디에 달레." 젊은 남자가 외쳤다. "당신에게 전할 안부 인사가 있습니다. 당신 친구 크사비에의 인사예요. 어제 제가 평소 자주 가지 않는 곳에서 그 사람을 만났습니다. 우리 둘이서 당신 이야기를 많이 했어요."

나는 크사비에와 알고 지내지는 않지만 그가 누구인지 알고 있었고, 그가 디디에에게 어떤 의미인지도 잘 알았다. 디디에는 얼굴이 창백해졌고 아무 대꾸도 하지 않았다. 가벼운 침묵이 우리 쪽 테이블 구석에 내려앉았고, 그 젊은 남자는 대담하게 계속 말을 이었다.

"제가 누구 이야기를 하는지 모르시겠나요? 크사비에 말입니다!"

디디에는 여전히 아무 대꾸도 없었다. 마치 크사비에^{Xavier}의 'X'가 누군가 그의 양손 혹은 기억 속에 결연히 박아놓은 못이라도 되는 것처럼. 그 순간 나는 알았다. 디디에는 우리 테이블에 있는 사람들의 반응을 별로 염려하지 않으며, 몹시 화가 나서 크사비에가 이 젊은 호래자식과 자신에 대해 무슨 이야기를 했는지, 그리고 그들이 어느 정도까지 자

신을 조롱했는지 궁금해하고 고통스러워한다는 것을. 디디
에는 너그럽고 필사적인 미소를 띤 채 고개를 두세 번 좌우
로 흔들었다. 하지만 그것으로는 충분하지 않았다. 이제 사
람들이 그를 보고 있었고, 그 잘생긴 젊은 남자는 그 도리질
을 부인으로 여기는 듯했다.

"달레 씨, 어떻게 크사비에라는 이름을 듣고 아무것도 떠
올리지 못할 수가 있죠? 파란 눈의 갈색 머리 남자, 그 잘생
긴 남자 말입니다." 그가 디디에의 취향을 알아보기라도 한
듯 웃으며 덧붙였다.

"크사비에라는 사람, 압니다……." 내 친구가 맥없는 목
소리로 입을 열었다. 그런 다음 잠시 말을 그쳤다.

분란을 일으킨 남자 옆에 앉아 있던, 그리고 부주의 탓인
지 혹은 악덕 때문인지 이제껏 그를 내버려두던 드부 부인
이 사냥감을 몰아대는 개를 불러들이려 했다.

"소리가 너무 크네요." 그녀가 그 젊은 남자에게 말했다.

앞에서 말했듯이 그 젊은 남자는 이 모임에 새로 온 사람
이었다. 그리고 그는 드부 부인의 입에서 나온 그 경고가 명
령이라는 걸 알지 못했다. 그만 입 다물라는 명령.

"아, 크사비에라는 사람을 안다고요? 마침내 이야기가 통
했네요."

그는 자기 자신이 만족스러운지 얼굴에 미소를 띠었다. 이윽고 누군가가 바보처럼 웃음을 터뜨렸다. 아마 불편한 기분 때문이었을 것이다. 그 작은 웃음이 은밀하게 우리 테이블을 한 바퀴 돌았다. 여덟 개의 얼굴이 겁을 먹은 동시에 기쁨에 겨워 디디에의 일그러지고 얼 빠진 얼굴을 마주 보았다. 지나치게 길고 하얀 그의 손이 테이블보를 지그시 움켜쥐는 모습이 보였다. 테이블보를 벗기려는 몸짓이 아니라, 그 밑으로 숨으려는 몸짓이었다.

"그 크사비에라는 사람, 저도 아주 잘 알아요. 저의 무척 좋은 친구죠." 내가 큰 소리로 말했다.

사람들이 망연한 표정으로 나를 바라보았다. 나는 아마도 줄리우스의 정부情婦였고, 아마도 드부 부인의 피후견인이었다. 평소 대화에 별로 끼어들지 않는 젊은 여자였다. 잠시 당황스러운 순간이 지나가고, 상대방이 흥분해서 선을 넘었다.

"당신도 그의 친구라고요? 아, 저런. 정말 마음이 통하는 친구 맞습니까?"

다음 순간 줄리우스가 내 의자 뒤에 서 있었다. 그는 한마디도 하지 않았고, 내가 익히 알고 있는 걱정스러운 눈길을 그 젊은 남자에게 던졌다. 우리는 밖으로 나갔다. 내가 디디에의 팔을 붙잡고 의자에서 끌어냈다. 우리 셋은 오페라 로비에 꼿꼿하고 예의 바르게 서 있었다. 우리는 외투를 입었고, 드부 부인의 자객 한 명이 달려와 계단에서 우리와 합류했다.

"다시 올라가셔야 합니다. 기괴한 사건이에요. 이렌이 화가 많이 났습니다."

"나도 마찬가지요. 오늘 밤 초대된 사람들은 내 손님인데." 줄리우스가 외투의 단추를 채우며 말했다.

공기가 신선한 바깥으로 나오자 나는 웃음이 터졌고, 줄리우스의 품으로 뛰어들어 그에게 입을 맞췄다. 추위 속에서 블루마린색 외투를 걸치고 안경을 낀, 그리고 머리카락 몇 개가 분노 혹은 바람 때문에 곤두서 있는 그는 매력적이었다. 저항할 수 없는 매력이었다. 디디에가 나에게 다가오더니, 이유도 모른 채 두들겨맞은 동물처럼 내 옆구리에 몸을 살짝 기댔다.

"밖으로 나올 수 있어서 정말 다행이에요." 내가 재빨리 말했다. "오늘 밤은 더는 못 견디겠어요. 줄리우스, 내 명예를 배려해줘요(나는 '내'라는 단어를 강조했다). 2시간 정도 시간을 벌었으니 우리 해리스 바로 축하하러 가요."

우리는 걸어서 도누 로에 다다랐고, 30분 동안 다른 이야기들을 나눴다. 그러는 동안 디디에는 생기를 되찾았다. 오페라 휴게실의 테이블에서 한심한 소동이 일어났다. 드부 부인은 그 소동에 대해 나를 그리 빨리 용서하지 않을 것이다. 사람들이 테이블에서 감히 그녀보다 먼저 자리를 뜨는 것은 드문 일이었다. 밀라디[11] 같은 그녀는 벌써 복수를 계획하고 있을 것이다. 그리고 그 자리에 있던 사람들이 나에게 완전히 무관심하지 않다면 나는 오늘 밤 잠을 이루지 못할 수도 있었다. 내가 줄리우스에게 감사의 마음을 품고 있는 것과는 별개로, 내가 그들 속에 있는 데는 다른 이유가 있었다. 이제 밤 시간에 무엇을 해야 할지 알 수 없었다. 앨런과 함께 했던 비공개 외출들은 나로 하여금 육체적 고독을 잊게 했고 파리의 친구들로부터 멀어지게 했다. 다른 한편으로 우리는 겉으로 보기에는 매력적이지만 끊임없는 정신적 긴장 때문에 피곤한 커플이었다. 그렇게 3년이 지나자 내친구들은 변했다. 이제 그들에게는 일과 돈 문제로 인한 고민거리들이 있었지만 나는 그 고민거리에 공감할 수 없었다. 내 눈에 그것은 특권으로 보였고, 그들은 나와 함께 놀던

11 알렉상드르 뒤마의 소설 『삼총사』에 나오는 인물로, 계략과 복수의 대명사이다.

친구들에서 프티 부르주아 혹은 그랑 부르주아로 변모했다. 그들은 나를 버려두고 성숙을 향한 선회를 했고, 나는 앨런 이라는 이름의 한가하고 돈 많은 사춘기 소년과 함께 다녔기 때문에 그들 사이에서 다시 사춘기 소녀가 되었다. 우리는 그렇게, 서로를 이해하지 못한 채 그들을 많이 짜증나게 했을 것이다. 지금 나의 친구들 무리는 피츠제럴드의 등장인물들을 복제한 것처럼, 가족과 직업의 도움을 받아 발버둥쳐야 하는 물질적이고 냉혹한 현실 세계와 아무런 상관이 없었다. 물론 즐거운 주정뱅이들, 말리그라스 부부처럼 다정하고 체념한 사람들(이들은 발버둥칠 나이는 지났다) 그리고 사람들이 만나는 것조차 두려워하는, 무어라 정의할 수 없고 우수에 젖은 고독한 사람들이 있었다. 이런 이유로 드부 부인이 주관하는 재치 넘치고 냉혹하며 경박한 작은 모임이 나를 즐겁게 해주었다. 그들은 적어도 야망을 잃지 않았고, 그 모임의 일부를 이루고 거기에 머무는 것 말고는 할 일이 없었다. 심지어 그들은 옷을 갈아입을 필요도 없었다.

7장

다음 날, 디디에가 잡지사로 나에게 전화를 걸어 전날 있었던 사건에 관해 몇 가지를 중얼댄 뒤, 그가 평소에 자주 가는 몽탈랑베르 로의 어느 바에서 자신을 만나달라고 부탁했다. 동시에 그는 그가 무척 애착을 갖고 있는 누군가와 나를 만나게 해주고 싶어했다. 나는 그 사람이 전날 화제에 오른 크사비에일 거라고 막연히 생각했고, 하마터면 약속을 거절할 뻔했다. 친구들의 사적인 문제에 끼어드는 걸 좋아하지 않았기 때문이다. 하지만 그가 나에게 그 사람을 소개해주고 싶어한다면 이런저런 이유로 그 만남이 그에게 필요해서일 거라는 생각이 들었고, 그의 제안을 수락했다. 약속 시간보다 조금 일찍 바에 도착해 구석 자리에 가서 앉았다. 그런 다음 웨이터에게 신문을 부탁했다. 옆 테이블에서 한 남자가 몸을 움직이더니, 매우 정중하게 "괜찮으시다면 이걸 보세요"라고 말하며 나에게 자기 신문을 내밀었다. 나는 그에게 미소를 보내고 신문을 받아들었다. 그는 침착한 얼굴에 매우 연한 밤색 눈, 단호한 입매, 큼직한 손을 갖고 있었다.

그의 안에 있는 무언가가 내면의 억제된 힘과 가벼운 어긋남을 동시에 암시했다. 그도 나를 정면으로 바라보았다. 그리고 그 신문에는 정말이지 읽을 것이 아무것도 없다는 걸 그가 나에게 말해줬을 때, 나는 곧바로 설득되었다.

"기다리는 거 좋아하십니까?" 그가 물었다.

"그야 기다리는 사람이 누구냐에 달렸죠. 지금은 무척 친한 친구를 기다리고 있어요. 그러니 전혀 불편하지 않아요." 내가 말했다.

"기다리는 동안 이야기를 좀 나눌 수 있을까요?"

몹시 놀랍게도 – 나는 이런 종류의 만남에 익숙하지 않았기 때문이다 – , 5분 뒤 나는 그와 정치, 영화에 대해 즐겁게 이야기를 나누고 있었고 너무도 편안한 느낌이었다. 그는 평온한 태도로 나에게 담배를 내밀고, 불을 붙여주고, 미소를 짓고, 웨이터를 불렀다. 웨이터는 내가 밤만큼이나 낮에도 익히 본 모든 사람의 단속적이고 부산한 몸짓으로 내 자리를 바꿔주었다. 남자는 나로 하여금 시골을 생각하게 했고, 바로 그 순간 디디에가 나타나 우리가 웃는 것을 보고 깜짝 놀라 걸음을 멈추었다.

"늦어서 미안합니다. 그런데 둘이 아는 사이였어요?"

맙소사, 나는 속으로 생각했다. 이 남자가 크사비에였어?

나는 디디에가 나에게 이야기했던 그 냉혹한 꼬마 녀석과 이 남자 사이에서 아무런 공통점도 발견하지 못했는데.

"우린 방금 만났어." 미지의 남자가 말했다.

그러자 디디에가 우리를 서로에게 소개했다.

"조제, 이쪽은 내 동생 루이입니다. 루이, 이쪽은 내가 이 야기했던 내 친구 조제 애시야."

"아." 루이가 말했다.

그가 의자 등받이에 다시 몸을 기대더니, 약간 측은해하는 표정으로 나를 바라보았다. 나에겐 그렇게 보였다. 나는 그것이 터무니없게 여겨졌다. 두 형제가 서로를 좋아한다는 것이 명백했기 때문이다. 이제 나는 이 미지의 남자에게서 디디에의 특징들을 식별해내고 있었다. 확인할수록 더 느긋해졌다. 이 남자는 디디에가 되고 싶어했을 모습을 닮았어, 나는 생각했다.

"당신은 줄리우스 A. 크람과 드부 부인의 친구죠. 잡지사, 그러니까 《르플레 데 자르》라는 잡지사에서 일하고요." 그가 말했다.

"전부 알고 계시네요……."

"내가 루이에게 당신에 대해 많이 이야기했어요. 우리가 어떤 저녁 식사 자리에서 함께 엄청 웃었다는 이야기도 했고요." 디디에가 말했다.

"그럴만하네요. 축하합니다. 디디에가 우리 중 한 명이 모습을 보여야 하는 자리에서 나를 잘 대체했어요. 나는 그 사람들을 견딜 수가 없거든요. 당신은 어떻게 견딥니까?" 루이가 빈정거리며 말했다.

"저는 그분들을 안 지 얼마 안 돼요. 드부 부인과 줄리우스 A. 크람은 얼마 전에 저를 도와주었고, 저는……." 내가 놀라서 말했다.

간단히 말해 나는 횡설수설했다. 횡설수설했고, 변명을 했다. 그리고 그 사실에 갑자기 화가 났다.

"저는 그런 사람들이 줄 수 있는 도움에 대해 잘 알고 있습니다. 하지만 그런 도움을 좋아하지 않아요." 루이가 말했다.

"그거야 당신 자유죠." 나는 반발했다.

"그렇죠, 제 자유입니다." 그가 대꾸했다.

다음 순간, 몹시 놀랍게도 얼굴이 붉어지는 느낌이 들었다. 내가 정말로 사람들이 상상하는 그런 여자가 된 것 같은 기분이었다. 친구가 부자라는 이유로 부자 친구의 부양을 받는 여자 말이다. 두 달 전부터 많은 시선 속에서 군말없이 간파한 나 자신에 대한 성찰을 이 남자의 눈을 통해 보니 거의 끔찍한 것으로 여겨졌다. 그래도 그에게 '하지만 당신도 알다시피, 줄리우스 A. 크람은 나에게 친구일 뿐이에요'라고 말하지는 않을 생각이었다. 나는 공격하고 싶지 않았고, 나 자신을 변호하고 싶지도 않았다.

"당신도 알겠지만, 우리 시대에 젊은 여자가 무일푼으로 지낸다는 건 어려운 일이에요. 남편은 돈 한 푼 주지 않고 나를 떠났고, 난 줄리우스 A. 크람처럼 안심되는 사람에게 의지할 수 있다는 사실에 만족했어요." 내가 말했다.

그런 다음 두 사람 모두에게 잘 알지 않느냐는 듯한, 능글맞은 공모의 미소를 보냈다.

"축하합니다. 당신의 성공에 건배를." 루이가 말했다.

"둘이 대체 무슨 이야기를 하는 거야?" 디디에가 외쳤다.

디디에는 완전히 당황해서 어쩔 줄 몰라했다. 분명 디디에는 이 만남을 즐길 생각이었을 것이다. 사랑하는 동생과 전날 부쩍 친해진 새로운 친구. 하지만 예상은 빗나갔다. 완전히 빗나갔다. 나에게도 이 낯설고 악의 가득한 남자보다 크사비에를 만나는 편이 훨씬 더 좋았으리라.

"그만 가봐야겠어요. 저녁에 극장에 가야 해서요. 줄리우스는 늦는 걸 싫어해요." 내가 말했다.

나는 자리에서 일어나, 형과 악수하고 동생의 뺨에 입맞춤을 한 뒤 의연하게 밖으로 나갔다. 설명할 수 없는 분노에 사로잡힌 채 걸어서 집으로 돌아갔다. 그러느라 흥분해서 질주하는 자동차들에 세 번이나 짓밟힐 뻔했다. 갑자기 낮은 하늘 아래에 있는 이 도시가, 맹목적인 자동차들이, 분주한 행인들이 미워지기 시작했다. 두 달 전부터 나를 둘러싸고 있는, 지금까지는 단순히 지루하게만 보이던 모든 사람들이 미워지기 시작했다. 그들이 무서워지기 시작했다. 만약 앨런이 여기에 있었다면, 똑같이 질투 많은 누군가의 눈속에서 내 공명정대함에 대한 확신을 발견하기 위해서라도 오늘 저녁 틀림없이 그와 함께했을 것이다.

이 상황에서 나를 구원할 수 있는 사람은 한 명뿐이었다. 그는 어제 그것을 증명했다. 그리고 불행하게도 그는 추문을 불러올 사람, 즉 줄리우스였다. 그 역시 우리가 사람들 눈에 커플로 보인다는 사실에 괴로워하고, 그것이 진실이 아니며 결코 그렇게 되지 않으리란 걸 알고 있을까? 하지만 그가 정말로 결코 그렇게 되지 않을 거라고 생각할까? 오히려 그는 습관의 힘과 피로 때문에 언젠가 내가 그에게 굴복할 때 달라질 거짓된 상황에 나를 위치시키고 자리 잡게 하려고 계산된 위험을 감수한 게 아닐까? 그것이 우리 사이의 묵약默約의 일부라는 것이 가능한 일일까? 어쨌든 그와 나 사이의 모든 육체적 관계가 나에게 있을 수 없는 일로 보이는 반면, 아마도 그에게는 그렇지 않을 것이다. 그런 느낌이 들 경우 나는 무례하게 행동했다. 문득 겁이 났다. 동시에, 복잡한 상황에 대해 그다지 염려하지 않고 안심시켜주는 목소리가 내 귓가에 대고 중얼거렸다. '이 모든 게 무슨 뜻이겠어? 우리 사이에 그 어떤 애매함도 없다는 걸 줄리우스는 잘 알고 있어. 난 그를 착각하게 할 몸짓이나 말을 한 적이 한 번도 없어. 그리고 내가 그와의 관계가 우정일 뿐이라는 사실을 강조해야 하는 건 바에서 어떤 청교도 같은 남자가 나를 삐딱하게 보았기 때문은 아니야.' 나는 이 목소리를 인정했다. 그동안 나에게 '깊이 파고들지 마, 기다려, 그러면 잘 알게 될 거야'라고 수차례 말해준 것은 바로 이 목소리였다. 그리고 매번 나는 이 작고 고요한 목소리가 나를 얼마나 무질서하고 혼란스러운 상황으로 이끌어가는지 잘 보았다. 그런 관망주의는 결코 찬란한 결과를 가져다주지 않았다. 결코 아니었다. 줄리우스에게 상황을 명확히 하도록 노력할 거라고 이야기해야 했다. 그렇게 해서 내가 그의 눈에 우스꽝스럽게 보인다 해도, 앞으로 다른 사람들을 대할 때 나는 더 편안하게 느낄 것이다.

글자 그대로 내 양심의 문제로 기진맥진한 채 집에 도착했고, 곧 전화벨이 울렸다. 예상대로 디디에였다. 가슴 아파하는 디디에.

"조제, 도대체 무슨 일이죠? 오늘 너무나 당신답지 않았어요. 난 루이가 당신 마음에 들 거라고 생각했는데, 그 애는 마치 오랑우탄처럼 행동했고요." 그가 말했다.

"그건 중요하지 않아요." 내가 대꾸했다.

"조제. 오늘 저녁 극장에 가지 않는다는 거 알아요. 오늘 시간이 빈다고 말했잖아요. 나와 함께 저녁 식사 하지 않을래요? 내 동생은 갔어요." 그가 급히 덧붙였다.

그는 정말이지 가슴 아파하는 것 같았다. 어쨌든 혼자 드라마 여주인공 역할을 하는 것보다는 그와 함께 저녁을 먹는 편이 나았다. 게다가 아마 그에게 의견을 구할 수도 있을 것이다. 나는 속내 이야기를 털어놓는 걸 좋아하지 않지만, 누군가에게 내 이야기를 해본 지 무척 오래되었다. 나는 한 시간 뒤 데리러 와달라고 부탁했다. 그가 왔고, 내 집을 보며 감탄했다. 우리는 20분 동안 가볍게 이런저런 이야기를 나누었다. 그런 다음 나는 넌덜머리가 나서 위스키 두 잔을 가득 따른 뒤 결연한 표정으로 그에게 말했다. "자, 어서 마셔요."

디디에가 웃음을 터뜨렸다. 그의 웃음은 매력적이고 어린애 같았으며, 눈은 다정했다. 나는 운명이 그를 여자들에게 던지지 않은 것을 한 번 더 유감스럽게 생각했다. 그는 재치가 뛰어나고, 다정했으며, 쉽게 상처받았다. 그는 내 친구였다. 우리는 해명해야 할 두 번의 사건을 겪었고, 그는 두 번째 사건부터 이야기하기 시작했다. 분명 그것이 그에게 덜 고통스러운 사건이었다. 그렇게 해서 나는 청교도 같은 그의 남동생이 사실은 전혀 청교도적이지 않으며, 항상 자기 가족과 자기가 속한 계층을 몹시 싫어했으며, 솔로뉴의 외딴집에 살면서 수의사로 일한다는 걸 알게 되었다. 나는 그의 옆에 있을 때 시골 느낌을 받았던 일을 떠올렸다. 그의 큼직한 손이 말의 옆구리에 놓인 모습을 상상했다. 그리고 잠시 낭만적인 몽상에 빠져들었다가, 그가 나를 매춘부 취급했던 일을 떠올렸다. 나는 디디에에게 그 역시 나를 같은 용어로 생각하는지 물었다. 그러자 디디에는 펄쩍 뛰었다.

"매춘부라고요! 매춘부라니, 절대 아닙니다!" 그가 되뇌었다.

"그럼 당신은 나와 줄리우스의 관계를 어떻게 생각해요? 사람들은 그걸 어떻게 생각할까요?"

"난 당신이 다른 사람들의 생각에 신경 쓰지 않는 줄 알았는데요." 그가 희미한 목소리로 말했다.

"당신 동생이 그렇게 생각하는 것 같아서 신경질이 났어요."

그가 당황해서 양손을 마주 비볐다.

"나는 당신이 줄리우스의 정부가 아니고 그렇게 되길 바라지도 않는다는 걸 알아요. 하지만 사람들은 그 반대로 생각합니다. 그들은 당신이 그 작은 잡지사에서 일하면서 그 모임 사람들의 생활양식을 따른다는 걸 상상하지 못해요." 그가 말했다.

"그렇군요. 파리에서는 어떻게든 잘 헤쳐나갈 수 있는데 말이에요." 내가 말했다.

"그럼요. 하지만 그 사람들은 당신이 다른 방법으로 잘 헤쳐나간다고 생각합니다." 그가 마지못한 듯 인정했다.

"그럼 줄리우스는요. 당신은 줄리우스가 내게서 다른 걸 기대한다고 생각해요?" 내가 말했다.

그가 고개를 들고 나를 바라보았다. 이론의 여지없이 어리둥절한 얼굴이었다.

"당연하죠! 줄리우스는 어떻게 해서든 당신을 가질 생각뿐이에요. 그는 절대 포기를 모르는 남자입니다." 그가 말했다.

"줄리우스가 저를 사랑한다고 생각하세요?"

내가 너무도 의심 많게 보였는지 그가 웃음을 터뜨렸다.

"그가 당신을 사랑하는지 어떤지 나는 모르죠. 하지만 어쨌든 그는 당신을 갖고 싶어합니다. 줄리우스는 그 누구보다 소유욕이 강한 남자예요."

나는 끔찍한 한숨을 뱉어낸 뒤 내 잔에 남은 위스키를 삼켰다. 요컨대 나는 이 세상에서 먹잇감 역할을 하고 있었다. 이젠 지겨웠다. 내일 줄리우스에게 이야기할 것이다.

내 결심에 대해 들은 디디에는 눈을 들어 하늘을 쳐다보고는, 줄리우스로부터 한마디도 끌어내지 못할 것이며 이야기해봤자 아무 소용 없을 거라고 단언했다.

"설명 역시 아무짝에도 쓸모없을 겁니다." 그가 덧붙였다.

그는 경험으로 그걸 알고 있었다. 그러고 나서 우리는 크사비에에 대해 이야기했다. 그렇게 해서 나는 많은 부분에서 여자들의 경우보다 더한, 한 남자가 다른 남자에게 가할 수 있는 교묘한 잔인함에 관해 많은 것을 알게 되었다. 나는 겁에 질린 채 그가 나에게 해주는 이야기를 귀 기울여 들었다. 밤에 바에서 일어난 이야기, 정글에서 일어난 이야기, 비겁한 행동들에 관한 이야기였다. 이야기에서 각각의 이름이 위협처럼 울려퍼졌고, 각각의 기대가 고문처럼 울려퍼졌고, 각각의 공모가 모욕처럼 울려퍼졌다. 게다가 디디에가 너무도 신중하고 정숙한 표현을 사용한 나머지, 그런 표현이 그의 이야기를 맥 빠지게 하는 게 아니라 오히려 선명하게 만들어주었다. 그리고 참 신기하게도 나는 그에게서 앨런의 불행에 대한 취향, 자기파괴에 대한 욕망을 발견했다. 그가 고통을, 그리고 아마도 희열을 발견하는 것은 사랑의 대상 안에서가 아니라 그 자신 안에서였다. 중요하진 않지만 이제는 그것이 이해가 되었다. 그가 여자보다 남자를 사랑하는 것이. 그는 늘 불행할 것이다. 그는 매우 늦게 내 집에서 떠났다. 한결 가벼워지고, 조금 진정되어 보였다. 나는 위로를 받은 것에 대해 부끄러운 기분을 느끼며 잠자리에 들었다. 나는 생각했다. 나에게 무슨 일이 일어나든, 나는 결코 심연을 좋아하는 그런 취향을 가지지 않을 거야. 나에게 무슨 일이 일어나든, 나는 늘 아침에 짧은 사냥 노래를 휘파람으로 불면서 잠에서 깨어날 거야.

8장

다음 날 하루는 불행하게도 전혀 사냥 노래의 리듬으로 펼쳐지지 않았다. 오히려 망설임의 리듬으로 펼쳐졌다. 앞에서 말했듯이, 나는 무슨 일이 일어나면 시간에 맡기는 데 익숙해 있어서 대개 해결책이라는 것을 불신했다. 내 경우 특히 대낮의 해결책보다 밤의 해결책을 훨씬 더 불신했다. 이는 분명 편견일 것이다. 왜냐하면 경험상 나방이 낮에 활동하는 하루살이 벌레보다 더 큰 재앙을 가져오는 건 아니기 때문이다. 간단히 말해, 밤은 내 습관 때문에 나에게 어떤 조언도 제공하지 않았고, 나는 정말로 줄리우스에게 내 생각을 밝혀야 한다는 사실을 납득하려고 애쓰며 전화기 주변을 배회했다.

새벽 5시경에야 결심이 섰다. 의기소침해지는 순간이었고, 확신이 없었다. 나는 줄리우스에게 긴급한 일이니 단둘이 만나 이야기를 하고 싶다고 했고, 그가 6시에 자동차를 보내겠다고 대답했다. 실제로 나는 정각 6시에 커다란 다임러에 올라탔다. 다임러는 설상가상으로 나를 곧바로 살리나로 데려갔다. 그 장소가 줄리우스의 인생에서 전략적으로 중요한 곳처럼 느껴졌다. 그는 석 달 전과 같은 테이블에 앉아 나를 기다리고 있었다. 그리고 나를 위해 이미 럼 바바를 주문해두었다. 같은 맥락에서, 그가 하는 모든 일을 내가 내버려둔다면, 그는 모든 레스토랑에서 나를 위해 내가 처음에 요청한 자몽과 등심 요리를 주문할 것이다. 나는 그의 맞은편에 앉아 잠시 건성으로 시시콜콜한 잡담을 나누었다. 그러다가 그에겐 시간이 소중하다는 사실을, 내가 그의 여러 약속들을 뒤죽박죽으로 만들어놓았을 거라는 사실을, 그러니 어서 나의 호출을 정당화해야 한다는 것을 떠올렸다.

"당신을 성가시게 해서 미안해요, 줄리우스. 하지만 저는 걱정이 돼요." 내가 말했다.

"내가 다 해결해줄 수 있어요." 줄리우스가 장담했다.

"그럴 거라는 확신이 들지 않아요. 저기, 줄리우스, 사람들이 우리에 대해 어떻게 생각하는지 알아요?"

"나는 그런 것 상관없습니다. 왜 그런 걸 신경 써요?" 그가 말했다.

나 자신이 꽤나 바보처럼 느껴졌다.

"그러니까 당신은 사람들이 당신과 저의 관계에 대해 말하는 걸 모르지 않는다는 뜻이네요……."

"이것 참, 대체 무슨 일인데 그래요?"

그가 또다시 나를 짜증나게 만들었다. 그는 너무나 순진 무구했다. 다른 사람들의 생각을 의식하지 않을 수는 있었다, 하지만 그것도 정도껏이지.

"사람들은 제가 당신의 정부라고 생각해요. 그들은 당신이 저를 부양하고 제가 오로지 당신 돈에만 관심이 있다고 생각한다고요." 내가 말했다.

"내가 가진 건 돈만이 아니에요." 그가 기분 상한 표정으로 대꾸했다.

그래, 좋아, 이제 그의 매력에 대해 이야기해야겠군.

"그건 문제가 아니에요. 사람들이 정말로 그렇게 믿는다니까요." 내가 말했다.

"다른 사람들의 생각이 당신에게 무슨 상관이 있어요?"

같은 모임의 사람들에 대해 이야기하면서 '다른 사람들'이라고 말하는 건 그 작은 모임에 속한 모든 이들의 공통된 결점이었다. 마치 자신이 가소로운 사교계 사람들 속에서 순수한 마음과 탁월한 지성을 가진 유일한 사람인 것처럼.

"그게 저를 불편하게 하진 않아요. 하지만 그게 당신의 사생활에 조금이라도 방해가 되는 건 싫어요." 내가 희미한 목소리로 말했다.

줄리우스가 껄껄 웃었다. 고맙게도 그의 사생활은 아무 문제 없다는 걸 혹은 그의 사생활은 그의 소관이라는 걸 의미하는, 꽤나 과시적인 웃음이었다. 나는 어쩔 줄 몰라서 쩔쩔맸다.

"줄리우스, 당신은 줄곧 저에게 가장 좋은 친구였어요. 하지만 당신이 저를 알기 전에 혼자 살지는 않았을 거라는 게 아주 잘 상상돼요. 그래서 저는 다른 여자가 그런 생각을 하는 걸…… 혹은 그런 생각으로 인해 괴로워하는 걸 원치 않아요……."

그러자 짜증나게 하는 이 사업가는 처음만큼이나 허세 가득하고 여러 가지로 해석되는 또 다른 웃음소리를 냈다.

"줄리우스. 제 말에 대답해주실래요?" 내가 단호한 목소리로 말했다.

그가 파란 눈을 들어 내 쪽을 바라보더니, 보호자 같은 표정으로 내 손을 가볍게 토닥였다.

"안심해요, 나의 친애하는 조제. 당신을 만났을 때 난 자유로운 남자였으니까."

브라보! 얼마 안 있어 이 남자는 내가 운 좋게도 잠시 흥미를 잃고 한가해진 돈 후안을 만난 것처럼 상황을 몰아가겠군. 그건 내가 이 대화에서 바란 방향이 전혀 아니었다. 그건 내가 있는 곳의 배경 혹은 내가 처한 곤경이었다. 나는 이 혐오스러운 살리나에서 처음 이 남자와 마주했을 때만큼이나 화가 나는 것을 느꼈다.

"줄리우스, 사람들이 말하기를, 당신은 합당한 이유 없이는 결코 아무 일도 하지 않는다던데요. 당신도 그거 알아요?" 내가 날카롭게 말했다. 내 목소리가 고음으로 횡설수설하는 것이 들렸다.

"그 사람들이 당신은 돈 때문에 어떤 일을 한다고 말하더군요. 정말 그런가요?"

그는 논리적이었다. 나는 그를 똑바로 쳐다보며 나라는 여자에 관해 장기적인 관점을 갖고 있느냐고 차마 물을 수 없었다. 나는 한숨을 쉬고는 럼 바바를 한 입 먹었다. 그런 다음 담뱃갑을 꺼냈다.

줄리우스가 말했다. "결국 이 모든 것이 무엇을 뜻하나요, 조제? 당신이 내 친구라는 걸, 내가 당신에게 애정을 갖고 있다는 걸 잘 알잖아요. 심지어 애정 이상의 것도." 그가 생각에 잠긴 표정으로 덧붙였다.

나는 귀 기울였다.

그가 계속 말했다. "나는 당신에게 존중심을 갖고 있어요. 그러니 나를 믿어요. 나는 이 감정을 가볍게 여기지 않습니다. 사람들이 수군거린다면 난 가슴 아플 겁니다. 하지만 여기는 파리예요. 나는 남자, 당신은 여자고요. 그런 건 충분히 나올 수 있는 반응입니다."

나는 절망하기 시작했다. 줄리우스는 흔해빠진 논거 한두 개를 더 들이밀어 나를 진 빠지게 했다.

"당신이 저에게 애정과 존중심을 갖고 있다니 기쁘네요. 저 역시 당신에게 그런 마음을 가지고 있어요. 하지만 결국 줄리우스, 당신은 다른 것을 상상하지 않나요?" 내가 말했다.

"다른 것?"

그가 눈이 동그래져서 나를 바라보았다. 나는 얼굴이 붉어지는 것을 느꼈다. 이때가 절정이었다.

"그래요. 다른 것." 내가 말했다.

"아, 아!" 그가 유쾌하게 웃음을 터뜨렸다. "친애하는 조제, 나는 아무것도, 전혀, 상상이 되지 않아요. 나는 상상력이 풍부한 남자가 아닙니다. 난 시간이 해결해주도록 맡기는 사람이에요."

"그래서 당신은 시간이 우리를 어디로 데려갈 거라고 생각하는데요?"

"아, 귀여운 조제." 그가 미소 지으며 말했고, 나는 그가 바보 같다고 생각했다.

"시간의 매력이 당신을 어디로 데려갈지는 결코 알 수 없지요. 결코, 결코 알 수 없어요."

이 마지막 말이 나에게 일격을 가했다. 나는 싸움을 멈췄다. 디디에가 한 말이 일리가 있었다. 나는 줄리우스로부터 아무것도 끌어내지 못할 것이다. 나는 짜증이 나서 담배 한 개비를 거꾸로 집어들었고, 줄리우스가 친절하게 담배 필터에 불을 붙여주었다. 그 행동이 그가 은밀히 간직하고 있던 격렬한 웃음을 끌어냈고, 그는 내가 그 웃음을 선의로 받아들이게 하고 싶은 마음에 서둘러 말했다.

"당신 알죠, 당신은 어리석은 행동과 어리석은 말만 하고 있어요. 아까 당신의 전화를 받고 내가 걱정했던 것을 생각하면 말입니다. 아니, 아니에요, 조제. 당신의 친구 줄리우스를 믿으십시오. 그리고 흘러가는 대로 살아요. 지나치게 생각에 골몰하지 말고요."

이제 줄리우스는 커다랗고 교활한 늑대처럼 이야기하고 있었고, 나에게 빨간 모자 소녀의 자질이 별로 없다는 느낌이 들기 시작했다. 다른 한편으로는, 내가 느끼는 두려움이 가짜라면 내가 줄리우스를 매우 까다로운 입장에 서게한 거라는 사실을 인정해야 했다. 그는, 그 역시, 나와 침대를 공유하고 싶은 욕망이 전혀 없다고 나에게 말하지 못했다. 그리고 그가 제자리에서 맴돌듯 하는 애매한 말은 아마도 예의를 지키기 위한 구실일 뿐일 것이다. 나는 머릿속을 스쳐 지나간 이 생각을 무척 흥분하며 받아들였다. 이 생각이 나에게 도움이 되었다. 결국 상황은 분명하고 단순했다. 우리가 나눈 대화 중 몇 마디를 다시 떠올려보니, 줄리우스의 태도는 사실 여자들에게 지친 혹은 여자들에게 실망한 남자의 태도임이 분명해 보였다. 줄리우스는 권력과 사업에만 관심이 있었다. 그리고 부수적으로 호감 가는 젊은 여자에게 관심이 있고 그 여자를 도와주려 했다. 나머지는 전부 내 상상의 산물이고, 감수성이 격앙된 탓에 곳곳에서 격렬한 감정들을 보는 디디에의 상상의 산물이었다. 나는 숨을 내쉬었다. 가벼운 긴장을 느끼며 한숨 돌렸다. 결국 나는 어리석음과 선의의 한계 안에서 내가 할 수 있는 것을 했다. 만약 줄리우스에게 어떤 음험한 계획들이 있다면, 나의 염려와 저항이 그를 각성시켰을 것이다.

나는 활기를 조금 되찾았다. 우리는 오페라에서 보낸 밤 시간을 떠올렸다. 나는 민첩했던 대처에 대해 줄리우스를 칭찬하고, 줄리우스는 시기적절했던 행동에 대해 나를 칭찬했다. 우리는 디디에를 측은히 여기는 말 몇 마디를 나누고,

드부 부인을 조롱하는 말 몇 마디를 나누었다. 그런 다음 그가 나를 다시 집에 데려다주었다. 자동차 안에서 그가 내 팔을 잡더니 내 손을 가볍게 토닥이며 마치 중학생처럼 즐겁게 이야기를 했다. 다시 생각해보니, 이 서툴고 정직한 남자가 그토록 마키아벨리적인 계획을 갖고 있다고 여긴 것이 조금 부끄러웠다. 무상성이라는 것은 빈말이 아니었다. 디디에의 동생이 아름다운 눈과 큼직한 손을 가졌음에도 불구하고 이 사실을 이해하지 못하는 것은 참으로 안타까운 일이었다. 판단하고 비하하는 것은 쉬운 일, 너무도 쉬운 일이다. 내일 이것에 관한 내 생각을 디디에에게 설명할 것이다. 그리고 그로 하여금 판단을 재검토하게 할 것이다.

결국 내가 그토록 망설이다가 이 우스꽝스러운 면담에 뛰어든 것은 옳은 일이었다. 항상 자신의 본능을 따라야 한다. 내 경우 유일한 걱정이 있다면 본능들이 서로 너무도 모순적이라는 사실이었다. 다음번에 살리나에 가게 되면 럼 바바의 맛을 제대로 즐겨야겠다. 나는 여전히 그것이 맛있는지 아니면 먹을 만한 것이 못 되는지 말하지 못한다.

집에 도착하니, 아파트 수위가 나를 불러세우고 전보 한 통을 내밀었다. 앨런이 많이 아프니 즉시 뉴욕으로 와달라는, 오를리에서 내 이름으로 된 비행기 티켓이 나를 기다리고 있다는 전보였다. 전보를 보낸 사람은 앨런의 어머니였다. 나는 곧바로 뉴욕에 전화를 걸었고 집사장이 전화를 받았다. 그렇다, 애시 씨는 병원에 있었다. 아니, 그는 병명을 알지 못했다. 사실 애시 부인은 가능한 한 빨리 나를 만나기를 고대하고 있었다. 그것은 속임수가 아니었다. 앨런의 어머니는 자신의 아들을 사랑했던 모든 사람처럼 사랑의 거짓말에 응했다는 이유로 나를 너무도 싫어했다. 나는 절망한 채 내 방 한가운데에, 비현실적인 것이 되어버린 배경 속 내 미술 잡지들 한가운데에 가슴을 두근거리며 서 있었다. 앨런이 아프다, 아마도 앨런은 죽을 것이다. 이런 생각이 드니 견딜 수가 없었다. 뉴욕이 함정이든 아니든, 서둘러 달려가야 했다. 나는 줄리우스에게 전화를 걸었고, 그는 완벽하게 대처해주었다. 네 시간 뒤 이륙하는 비행기편을 찾아주고, 좌석을 마련해주고, 나를 데리러 와서 세상에서 가장 차분한 태도로 공항까지 태워주었다. 여권과에서 내가 그에게 작별 인사를 하자, 그가 나에게 걱정하지 말라고 했다. 그 자신도 다음 주에 뉴욕에 갈 예정인데, 일정을 더 당겨보겠다고 했다. 그는 자기가 상시 이용하는 스위트룸이 있는 피에르 호텔에 가 있으라고, 내일 아침 그곳으로 나에게 전화를 하겠다고 했다. 어디서 나를 다시 만날지 아는 것이 그를 안심시켜주는 것 같았다. 나는 그의 친절함, 침착함 그리고 대처하는 센스에 위로를 받아 모든 것에 동의했다. 개찰구 건너편에서 나에게 손짓하는 그의 모습이 점점 작아지는 것을 보면서, 매우 소중한 친구와 헤어지는 기분이 들었다. 석 달 뒤, 그는 정말로 고결한 의미에서 나의 보호자가 되었다.

9장

　밤과 태양을 무심하게 가로지르는 거대한 비행기 안에서 승객들은 모두 잠들어 있었다. 나는 혼자 2층의 바에 자리를 잡고 앉았다. 독자적인 로켓과 비슷하게 생긴, 비행기에서 떨어져나와 은하수 속으로 외롭게 사라지기를 사람들이 기대할 것 같은 작은 바였다. 지금으로부터 2년 전 마지막으로 이 노선을 여행했을 때는 한낮에 반대 방향으로 향했고, 비행기가 태양을 좇아 분홍색과 파란색 구름 가운데를 나아갔다. 그때 나는 앨런을 피해 달아났다. 비행기의 거칠고 엄청난 힘이 내가 여전히 사랑하는 그에게서 나를 멀리 데려갔다. 그리고 이제 똑같은 힘이 똑같은 순종으로 똑같은 앨런─내가 더 이상 사랑하지 않는─에게로 나를 데려가고 있었다. 나는 그 외로운 바에 있는 것이 좋았다. 꾸벅꾸벅 졸던 바텐더가 쉬러 가기로 마음먹고 속으로 나를 저주하면서 위스키 한 잔을 주었지만 나는 거절했다. 시어머니가 이 바를 이용할 수 있는 1등석 비행기 표를 사준 것은 정말이지 좋은 생각이었다. 두말없이 사준 것도. 그건 내가 무일푼이 된 사실을 그녀가 알고 있다는 걸 의미했다. 그녀는 그것에 대해 어떻게 생각할까? 물론 어머니로서, 앨런의 극성스러운 어머니로서 그녀는 마뜩잖지만 내가 아들 곁에 있어주기를 바랄 수 있다. 하지만 미국인으로서, 미국 여성으로서 그녀는 앨런이 나를 무일푼으로 내버려둔 것에 분노했을 것이다. 그녀는 두 번의 이혼과 한 번의 사별로 재산을 모았고, 그런 방면에서 여성의 권리를 가볍게 여기지 않았다. 앨런이 그녀에게 상황을 뭐라고 설명했을지 궁금했다.

그녀는 냉혹하고 소유욕이 강한 여자였고, 20년 전《하퍼스 바자》에서 맹금을 닮은 그녀의 아름다운 옆모습을 찬양한 적이 있다. 이유는 알 수 없으나 그녀는 그런 묘사에 무척 기뻐했다. 심지어 맹금같이 목을 움직이려고 노력했으며 때때로 맹금과 닮은 것을 더욱 강조해주는 응시하는 눈길을 하기도 했다. 앨런과의 결혼생활 초기에 그녀는 나를 손아귀에 쥐려 했지만, 나는 앨런과 사랑에 빠져 있었고 그가 불행하다는 걸 알았다. 그래서 그녀를 독수리로 보지 않고 고약한 닭으로 보았다. 우리를, 앨런과 나를 떼어놓으려는 그녀의 몇 가지 작전은 우리를 서로 더욱 가까워지게 하고 그녀에게서 도망치게 하는 데 일조했을 뿐이다. 우리 커플이 깨진 것은 오로지 우리 둘이서 결정한 일이다. 그렇기는 했지만 그녀 덕분에 이 비행기를 탈 수 있었고, 나는 내 아래에 있는 지구가 나에게 선물한 너무도 아름다운 햇빛과 구름들, 모든 풍경들, 빈번한 비행과 멋진 몽상을 이제 내 생활수준에서는 누리기 힘들다는 것을, 다시 말해 누릴 기회가 훨씬 제한되리라는 것을 깨달았다. 나의 자유, 내가 예전에 누리던 자유가 사실 속박들로 가득했다는 사실이 차츰 드러나고 있었다. 그러나 이런 서글픈 고찰에 그리 오래 머무르지는 않았다. 비행기의 요란한 소음과 내 술잔 속 얼음이 내는 소리, 내 머릿속의 끊이지 않는 소란이 앨런이 아프다는 것, 아마도 죽어가고 있다는 것, 그리고 그건 어쨌든 내 잘못이라는 것을 상기시켰기 때문이다.

나는 한숨도 자지 않았고, 부엉이처럼 기진맥진해서 팬암 공항에 도착했다. 그곳도 변해 있었다. 내 기억 속의 모습보다 훨씬 더 넓고, 번쩍이고, 어마어마했다. 완전한 외국인으로서 나는 사람을 경악하게 하는 아메리카가 갑자기 무서워졌다. 이제 택시 기사와도 불투명한 방탄유리로 분리되었고, 그 결과 나의 습관인 무사태평하고 즐거운 대화도 나눌수가 없었다. 돌과 콘크리트로 된 도시 안으로 깊숙이 들어감에 따라 자동차 유리창들이 전부 똑같이 불투명하고 깨지지 않는 것처럼 보였고, 그것들이 내가 그토록 사랑했던 뉴욕으로부터 나를 영원히 차단하는 것 같았다.

시어머니는 센트럴 파크에 살고 있었다. 수위가 그녀가 사는 층에 전화를 한 다음 나를 들여보내주었다. 뉴욕도 바리케이드를 쌓은 닫힌 도시가 되었다. 나는 전부 판매용인 추상화들로 뒤덮인 아파트의 싸늘한 입구를 희미하게 알아보았고, 오한을 느끼며 널찍한 응접실로 들어갔다. 맹금이 거기에 있다가 나를 덮쳤다. 그녀가 무미건조한 몸짓으로 내 뺨에 입을 맞추었고, 나는 그녀가 내 살점 한 조각을 물어뜯으려는 것이 아닌가 하는 생각에 잠시 겁을 먹었다. 이윽고 그녀가 내게서 떨어져 팔을 쭉 펴더니 나를 붙잡고 내 얼굴을 찬찬히 살펴보았다.

"안색이 좋지 않구나……." 그녀가 말했다.

내가 그녀의 말을 자르고 물었다.

"앨런은 어때요?"

"걱정하지 마라. 그 애는 괜찮으니까. 괜찮아졌어……. 그 애는 살아 있다." 그녀가 대답했다.

나는 서둘러 주저앉았다. 다리가 후들거렸다. 내 얼굴이 무척 창백했던 것 같다. 그녀가 초인종을 누르고 집사장에게 코냑을 가져오라고 지시했으니 말이다. 내 심장의 끔찍한 수축이 잦아들기 시작했다. 프랑스에서는 원기회복제로 위스키를 내오는데 미국에서는 코냑을 내오는 게 이상하다고 생각했다. 너무나 안도한 나머지 이 점에 관해 자진해서 시어머니와 이야기할 수도 있을 것 같았다. 하지만 그럴 때가 아니었다. 잔에 담긴 것을 삼키자 다시 살아나는 기분이 들었다. 나는 뉴욕에 와 있었고, 졸음이 몰려왔다. 앨런은 살아 있고, 8시간의 여행은 악몽이자 실존이 때때로 제멋대로 우리에게 가하는 이유 없고 무자비한 굴욕들 중 하나였다. 안개 속에서 나는 내 앞에 있는 너무도 곱게 화장한 여인을 바라보았고, 그녀가 하는 신경쇠약증, 우울증, 알코올 남용, 암페타민과 신경안정제 남용에 관한 이야기를 들었다. 사실 나는 그녀가 하는 열정 남용에 관한 이야기를 듣고 있었다. 이윽고 그녀는 내가 긴 여행을 했고 피곤하리라는 것을 상기했고, 나를 침실로 안내했다. 나는 옷을 입은 채로 침대에 쓰러졌다. 끊이지 않고 들려오는 도시의 희미한 소음을 잠시 듣다가 잠이 들었다.

앨런, 나의 해변의 동반자, 기쁨과 고뇌의 동반자는 안색이 몹시 좋지 않았다. 이틀 동안 수염을 깎지 않았고, 뺨이 움푹 패었으며, 눈빛이 흐릿했다. 정신과 의사가 해야 했던 처치로 미루어보아 그런 상태가 놀랍지는 않았다. 리폴린을 칠하고 방음장치와 에어컨을 설치한 그 병실에서 그는 교양

없는 사람이나 무법자처럼 보였다. 우리를 맞아준 박식하고 태도가 분명한 의사는 앨런이 많이 좋아졌지만 관리 감독이 반드시 필요하다고 말했다. 내 생각에, 너무도 유년기 가까이에 머물러 있는 이 남자는 나를 만나 생기를 얻은 뒤 때때로 그것이 고통스러웠던 것 같다. 그리고 내가 비겁하게도 그를 멸균 상태의 악몽으로 다시 돌려보낸 것 같았다. 그가 내 손을 잡고는 애원하지도, 강압적이지도 않은 태도로 나를 바라보았다. 강렬한 광채보다 더 고약한 고요한 안도감을 느끼며 나를 바라보았다. '당신이 보다시피 나는 변했고, 깨달았어. 다시 함께 지낼 만한 사람이 되었어. 당신이 나를 다시 선택하기만 하면 돼'라고 말하려는 것 같았다. 한순간 지나치게 주의 깊은 어머니와 방심한 정신과 의사 사이에 낀 그가 너무도 가련해 보여서 나는 그것이 가능하다고 생각할 뻔했다. 그렇다, 그건 그 무엇보다 해로웠다. 그는 두들겨 맞은 개의 눈빛, 사람을 쉽게 믿는 개의 눈빛을 하고 있었다. 벌은 충분히 길게, 충분히 확실하게 받았고, 내가 이 지옥에서 그를 끌어내는 일을 막는 건 나의 잔인함뿐이라는 걸 의미하는 눈빛.

병실은 을씨년스러웠다. 그가 커다란 몸을 누이곤 했던 카펫들은 어디로 갔을까? 그가 슬픈 날에 잠을 자기 위해 눈에 덮곤 했던 캐시미어 스카프들은 어디로 갔을까? 삶의 즐거움, 그에게 파리의 좁은 길들을, 인적 없는 작은 카페들과 밤의 침묵을 의미했던 그 솜털은 어디로 갔을까? 나는 알고 있었다. 뉴욕은 밤낮없이 끊임없고 은밀하게 부르릉거렸고, 그는 처음부터 그것을 견딜 수 없었을 것이다. 하지만 이제 이 병실의 고요함이, 이 인공적이고 병적인 고요함이 그에게는 훨씬 더 잔인하게 느껴질 것이다.

"나 여기 있은 지 일주일 됐어." 그가 말했다. 이 말은 '당신 이해해? 당신 이해하냐고?'라는 뜻을 암시하고 있었다.

"사람들이 참 정중해." 그가 덧붙였다. 이 말은 '당신 이 낯선 사람들의 처분에 맡겨진 내 입장을 상상해봤어?'라는 뜻이었다.

"의사가 그리 나쁘지 않아." 그가 인정했다. 이 말은 '당신 왜 이 인정 없는 낯선 사람들에게 나를 버렸어?'라는 뜻이었다.

마지막으로 그가 중얼거렸다. "아마 일주일 뒤엔 퇴원할 수 있을 거야." 그리고 그 순간 나는 그가 조용히 울부짖는 소리를 들었다. '일주일, 겨우 일주일이야. 일주일만 나를 기다려줘!' 나는 글자 그대로 가슴이 찢어졌다. 우리가 함께 했던 삶의 행복한 추억들이 나를 덮쳐왔다. 함께 깔깔 웃던

일, 함께 토론하던 일, 모래 위에서 함께 즐긴 낮잠, 서로를 저버린 일, 그리고 특히 지워지지 않는 그 확신 – 우리가 서로 사랑한다는 그리고 우리가 함께 늙어갈 거라는 확신 – 의 순간들. 나는 우리가 함께한 마지막 해들의 악몽을 잊었다. 계속 이런 식이라면 우리가 상실에 다다르리라는, 나 혼자 얻은 또 다른 확신을 잊었다.

나는 그에게 내일 같은 시간에 다시 오겠다고 약속했다. 그런 다음 파크 애비뉴에서 들려오는 시끄러운 소음을, 나에게는 불쾌하게 느껴지는 동요를 다시 발견했다. 걸어서 뉴욕을 구경하는 대신, 나는 서둘러 시어머니의 자동차 안으로 휩쓸려 들어갔다. 그녀가 나에게 조용히 있을 수 있는 산 레지스로 차를 마시러 가자고 제안했고 나는 수락했다. 그때부터 나는 리무진들에, 운전기사들에, 그리고 나보다 두 배나 나이가 많고, 열 배는 더 스스로에 대한 확신이 있는 사람들과 함께하는 찻집들에 열중한 것 같다. 나는 위스키 한 잔을 주문했고, 놀랍게도 시어머니도 같은 것을 주문했다. 그 병원이 유난히 사람을 진 빠지게 만드는 것 같았다. 나는 잠시 그녀에게 연민을 느꼈다. 앨런은 그녀의 외동아들이고, 맹금 같은 옆모습에도 불구하고 그녀가 걸친 생 로랑의 깃털 아래에는 아마도 어머니의 심장이 뛰고 있을 것이다.

"그 애를 어떻게 생각하니?"

"어머니가 평소 말씀하시는 대로요. 참 좋기도 하고 참 나쁘기도 해요."

잠시 침묵이 흘렀고, 나는 그녀가 그 무력한 시간 동안 자신의 무기들을 그러모았다고 느꼈다.

"조제, 난 너희 두 사람의 인생에 개입하고 싶지 않았다." 그녀가 말했다.

그녀의 말은 거짓말로 시작되었지만, 또 다른 거짓말들이 있을 것이고 내가 그것들을 묵인하리라는 것은 명백했다.

"그래서 말인데." 그녀가 계속 말했다. "너희가 왜 헤어졌는지 난 모르지만, 어쨌거나 앨런이 너에게 1센트도 남기지 않고 떠나왔다는 사실을 나는 전혀 몰랐다는 걸 너에게 말하고 싶구나. 내가 그 사실을 알았을 때는 앨런이 위기에 빠져 있었고, 그 애를 조금이라도 나무라기엔 너무 늦은 상황이었어."

나는 그런 건 중요하지 않다는 걸 뜻하는 손짓을 했다. 하지만 그녀는 그 의견에 동의하지 않는지 단호하게 아니라는, 그 반대라는 것을 뜻하는 또 다른 손짓을 했다. 우리는 서로 다른 해상신호를 가진 두 개의 신호기 같았다.

"어떻게 헤쳐나가고 있니?" 그녀가 물었다.

"일자리를 구했어요. 재정적으로 크게 도움이 되는 일자리는 아니지만 꽤 재미있어요."

"그 A. 크람 씨는? 그저께 내가 그 사람의 비서에게서 너의 주소를 얻어내기 위해 무척 애썼다는 건 너도 알겠지."

"A. 크람 씨는 그냥 친구예요. 그게 다예요." 내가 말했다.

"그게 다라고?"

나는 고개를 들어 그녀를 바라보았다. 내가 조금 짜증나 보였던 듯하다. 그녀가 적어도 일시적으로나마 그게 다라는 말을 받아들이는 것 같았으니 말이다. 피에르 호텔로 가겠다고, 전화하겠다고 줄리우스에게 약속한 것이 갑자기 기억났고 약간 후회가 되었다. 프랑스, 줄리우스, 잡지사, 디디에가 너무도 멀게 느껴지고 파리에서의 내 복잡한 삶이 너무도 별것 아닌 일로 여겨져서 이중으로 길을 잃은 느낌이었다. 그 을씨년스러운 병원에서 나온 뒤 이 적대적인 여자를 마주하고, 이 끔찍한 도시에서 길을 잃었다. 뿌리 없이, 사랑 없이 그리고 친구 없이 길을 잃었다. 내 눈으로 볼 때도 길을 잃었다. 그리고 관습에 따라 내 앞에 놓인 차가운 물이 담긴 커다란 유리잔, 무심한 웨이터와 거리의 소음, 그 모든 것이 나를 의자에 앉아 테이블 위에 양손을 얹은 채 견딜 수 없는 절망과 불안에 얼어붙어 덜덜 떨게 했다.

"이제 어떻게 할 생각이니?" 나의 무자비한 동행이 준엄하게 물었고, 나는 세상에서 가장 솔직하게 "모르겠어요"라고 대답했다.

"결정을 내려야 해. 앨런에 대해서 말이다." 그녀가 말했다.

"그 결정은 내렸어요. 앨런과 저는 이혼할 거예요. 앨런에게 그렇게 말했어요."

"앨런이 나에게 한 이야기는 그게 아닌데. 그 애 말에 따르면, 너희가 한동안 떨어져 살아보기로 했다고 하더라. 하지만 그건 궁극적인 해결책이 아니야."

"하지만 저희의 결정은 궁극적이었어요."

그녀가 나를 뚫어져라 응시했다. 진실의 순간에 마치 최면술사처럼 사람을 오랫동안 뚫어져라 바라보는 것은 그녀의 불쾌한 괴벽이었다. 나는 어깨를 으쓱하고 시선을 돌렸다. 그것이 그녀를 화나게 했고 그녀로 하여금 다시 공격적인 태도를 취하게 했다.

"내 입장을 좀 이해해봐라, 조제. 난 줄곧 이 결혼에 반대하는 입장이었어. 앨런은 너무 예민하고, 너는 너무 독립적이어서 그 아이를 힘들게 해. 내가 너를 여기로 부른 것은 오로지 앨런이 너를 필요로 했기 때문이고, 내가 앨런의 방에서 그 애가 쓴 스무 통의 편지를 발견했기 때문이다. 우표까지 붙였는데 너에게 보내진 않았더구나."

"편지에 뭐라고 썼는데요?"

그녀가 함정에 걸려들었다.

"불가능하다고 썼더구나……."

자신의 무례함에 대한 어리석은 고백 앞에서 그녀는 하던 말을 뚝 멈추었다. 그녀가 진한 화장을 하지 않았다면 틀림없이 얼굴이 붉어진 것이 보였을 것이다.

"그래. 내가 그 편지들을 읽어봤다. 나는 미칠 지경이었고, 그 편지들을 열어보는 것이 내 의무라고 믿었어. 그렇게 해서 A. 크람 씨의 존재도 알게 된 거고." 그녀가 중얼거렸다.

그녀는 당당한 태도를 되찾았다. 줄리우스에 대해 앨런이 뭐라고 썼는지는 신만이 아실 것이다. 내 안에서 화가 올라와 새로 힘이 솟게 하고 의기소침했던 상태에서 나를 끌어내는 것이 느껴졌다. 무력한 상태와 흐린 눈으로 침대에 누워 있는 앨런의 모습이 천천히 흐려져갔다. 나를 싫어하는 이 여자 곁에 내가 하루 더 머문다는 건 말이 되지 않았다. 나는 그걸 견디지 못할 것이다. 하지만 나는 앨런에게 내일 다시 가겠다고 약속했다. 그건 정말로 내가 한 약속이었다.

"줄리우스 A. 크람이, 그 사람이 무척 친절하게도 피에르 호텔에 있는 자기 스위트룸을 빌려주겠다고 제안했어요. 그러니 어머니를 더 이상 성가시게 하지 않아도 될 거예요." 내가 말했다.

이 말에 그녀가 살짝 고개를 끄덕이고 희미한 미소를 지었다. '브라보, 조제. 나쁘지 않게 헤쳐나가고 있구나'라는 의미였다.

"성가시게 하는 건 전혀 아니란다. 하지만 시어머니의 아파트보다 피에르 호텔의 스위트룸이 네가 지내기에 더 좋을 것 같구나. 쓸데없는 것 같으니 너의 자립에 대해서는 더 이야기하지 않으마." 그녀가 말했다.

그녀가 파란색과 검은색으로 된, 천국의 새들로 뒤덮인 일종의 베레모 같은 모자를 썼고, 나는 우스꽝스러운 영화에서처럼 그 모자를 그녀의 턱까지 푹 내려씌워 앞이 보이지 않게 해 그 자리에서, 찻집 한가운데에서 고래고래 울부짖게 만들고 싶은 욕구를 불현듯 느꼈다. 나의 분노 속에는 항상 일종의 기발하고 광적인 웃음에 사로잡혀 내가 무슨 짓이든 하게 만드는 순간이 있다. 그 순간은 나에게 위험신호다. 나는 서둘러 몸을 일으키고 외투를 집어들었다.

"내일 앨런을 보러 갈 거예요." 내가 말했다. "계획했던 대로요. 그리고 제 짐 가방을 가지고 오도록 피에르 호텔의 누군가를 어머니 집으로 보낼게요. 어쨌든 파리에서 변호사가 어머니의 변호사와 함께 이혼 절차를 맡아 처리할 거예요. 이렇게 빨리 작별하게 되어 죄송해요." 내가 덧붙였다. 어린 시절의 습관에서 나온, 예의를 차리려는 반사적 행동이었다. "하지만 너무 늦어지기 전에 파리의 제 친구들 그리고 사무실에 전화를 걸어야 해요."

나는 손을 내밀었고, 그녀가 조금 험상궂은 표정으로 내 손을 잡았다. 아마도 자신이 나에게 너무 거리를 둔 것은 아닌지, 내가 앨런에게 그것을 불평하지는 않을지 그리고 앨런이 그것에 대해 자신을 극도로 원망하지는 않을지 궁금해하는 듯했다. 잠시 그녀가 이기적이고, 외롭고, 그 외로움 때문에 겁에 질린 늙은 여자처럼 보였다.

"그동안 저에게 잘해주신 일은 잊지 않을 거예요." 나는 내 동정심에 대해 나 자신을 저주하며 말했다. 그리고 발걸음을 돌렸다.

갑자기 그녀가 큰 소리로 내 이름을 불러서 나는 걸음을 멈추었다. 그리고 다음 순간 나는 그녀가 기적처럼 인간답게 말하는 소리를 듣게 되었다.

"네 가방은 신경쓰지 마라. 내 운전기사가 한 시간 안에 피에르 호텔로 가져다줄 거야."

10장

피에르 호텔의 프런트 담당 직원은 나를 보자 매우 안도한 것 같았다. 그는 아침부터 나를 기다리고 있었으며, 내 방에 가져다놓은 꽃이 시들까봐 염려하고 있었다. 줄리우스 A. 크람 씨가 파리에서 두 번 전화했으며, 뉴욕 시간으로 8시에 다시 전화하겠다고 말했다는 것도 전했다. 파리 시간으로는 새벽 2시였다. 줄리우스의 스위트룸은 31층이었는데, 넓은 응접실을 사이에 두고 독립된 침실이 2개 있고 전체가 치펀데일 양식[12]의 가구로 꾸며져 있었다. 저녁 7시였고, 나는 창가로 다가가면서 사라졌다고 생각했던 경탄스러운 아름다움을 불현듯 다시 발견했다. 뉴욕은 빛의 도가니였다. 이 도시는 다시 반짝이고 유령 같은 밤이 되어갔고, 나는 기적을 마주한 채 창문 위쪽의 작은 여닫이창을 열고 바다·먼지·휘발유 냄새가 나는 저녁 공기를 들이마시며 한동

---

12 18세기 영국의 가구 디자이너 토머스 치펀데일이 창시한 가구 스타일로, 로코코 취향을 바탕으로 여러 시대와 지역의 양식을 도입했다. 곡선이 많고 장식적이다.

안 가만히 서 있었다. 그 냄새는 나를 싫증나게 하지 않는 뉴욕의 배경음만큼이나 뉴욕 특유의 것이었다.

나는 응접실의 소파에 앉아 텔레비전을 켰고, 총격과 선의로 귀를 먹먹하게 하는 서부영화에 곧장 빠져들었다. 침울한 오후를 보내고 나서 그 순간 내가 바란 한 가지가 있다면 멍하니 있는 것이었다. 하지만 이상하게도 말 한 마리가 쓰러졌을 때 나는 그 말과 함께 쓰러졌고, 악한이 가슴 한가운데에 총을 맞았을 때 나도 그와 함께 총을 맞았다. 그리고 순수한 아가씨와 냉혹한 참회자 사이의 사랑 장면들은 창피스러운 일로 보였다. 채널을 돌리니 범죄영화가 나왔다. 굉장히 가학적인 영화였는데 지루했다. 텔레비전을 끄고 8시가 되길 기다렸다. 그 드넓은 응접실에서 정신이 나간 채 아무것도 하지 않고 소파에 혼자 앉아 있는 내 모습이 우스꽝스럽게 보였을 것이다. 아마 나는 호사스러운 이민자처럼 보였을 것이다. 짐 가방이 도착했지만, 짐을 풀 힘도 그러고 싶은 마음도 없었다. 손목에서, 관자놀이에서 바보같이 맥박이 뛰는 것이 느껴졌다. 쓸데없는 만큼이나 돌이킬 수도 없는 맥박이었다. 8시 5분에 전화벨이 울렸고, 나는 전화기로 돌진했다. 줄리우스의 목소리가 매우 또렷하고 가깝게 들렸다. 폭풍우에도 불구하고 바다 밑을 구불구불 지나오는 전화선이 나를 산 자들의 세상과 이어주는 마지막 매개체 같았다.

"걱정했습니다. 그래, 어떻게 됐어요?"

"시어머니 집에 굉장히 일찍 도착했어요. 아니, 정확히 말하면 굉장히 늦게 도착했죠. 그리고 거기서 오전 내내 잠을 잤어요. 그런 다음 앨런을 보러 갔고요."

"그 사람 상태가 어떻던가요?"

"그리 좋은 상태는 아니에요." 내가 대답했다.

"곧바로 돌아올 생각입니까?"

그것에 대해서는 아무것도 알 수가 없었다.

"내가 내일 뉴욕에 도착하기 때문에 묻는 거예요. 몇 가지 업무를 매듭짓고 그런 다음 다른 업무들을 처리하기 위해 나소13로 갈 예정입니다. 당신만 괜찮다면, 나와 내 비서와 함께 나소로 가도 돼요. 일주일 정도 햇빛을 쬐면 당신에게 나쁘지 않을 겁니다." 그가 말했다.

일주일 정도 햇빛을 쬔다. 나는 백사장을, 남빛 바다와 내 뼈를 덥혀줄 눈부신 태양을 상상해보았다. 더 이상 도시를

---

13 바하마의 수도. 쿠바 북쪽 바하마제도의 뉴프로비던스섬 북동 해안에 있으며 휴양지로 유명하다.

견딜 수가 없었다.

"하지만 뒤크뢰 씨는 어쩌고요? 우리 대표님 말이에요."
내가 말했다.

"예상하겠지만 내가 그 사람에게 전화해뒀어요. 그 사람
은 당신이 뉴욕에 가게 된 김에 전시 두세 개를 보러 가야
한다고 생각하고 있습니다. 그 전시회 제목들을 나에게 알
려주더군요. 내 생각에, 당신이 기사 몇 편을 보내면 그 사람
은 당신의 결근을 흔쾌히 받아들일 겁니다. 심지어 그 사람
은 이 체류가 행운이라고 생각하는 것 같아요."

다시 살아나는 기분이 들었다. 부조리와 우울의 한계점에
서 유용한, 아마도 재미있기까지 할, 해변에서 시간을 보내
는 뜻밖의 행복이 추가되었다. 나는 나소에 대해 알지 못했
다. 앨런과 나는 늘 플로리다나 카리브해의 작고 외딴 섬들
로 휴가를 갔다. 다른 한편으로, 나는 나소가 조세 천국임을
알고 있었다. 그러니 줄리우스가 거기에 자신의 전초前哨를
설립한 것은 놀라울 것이 하나도 없었다.

"이상적이겠네요." 내가 말했다.

"당신에게 무척 도움이 될 겁니다. 그리고 나한테도요."
줄리우스가 덧붙였다. "이곳은 날씨가 고약하고, 난 기진맥
진해 있어요."

나는 기진맥진한 혹은 의기소침한 줄리우스의 모습을 잘 상상할 수 없었다. 그는 오히려 불도저를 떠올리게 했다. 하지만 그건 분명 내가 불공정하거나 상상력이 부족해서일 것이다. 나에겐 그런 일이 자주 있었다.

"가능한 한 빨리 도착하도록 할게요." 그가 이어서 말했다. "내 걱정은 하지 마요. 오늘 저녁엔 뭘 할 겁니까?"

그것에 대해서는 아무런 생각이 없었고, 그에게도 그렇게 말했다. 그가 웃음을 터뜨리고는, 누워서 영화를 보다가 잠을 청하라고 권했다. 그가 프런트의 마틴 씨라는 사람을 나에게 지정해주었다. 그가 내 시중을 들어줄 거라고 했다. 그리고 나에게 디디에의 소식을 알려주었는데, 벌써 디디에가 그리워지는 것 같았다. 또 줄리우스는 자신의 침실에 재미있는 책 몇 권이 있다고 알려주고, 다정하게 잘 자라는 인사를 해주었다. 간단히 말해 나를 안심시켜주었다.

나는 전화로 가벼운 저녁 식사를 주문했고, 다른 침실에서 말라파르테[14]의 책을 발견했다. 그리고 충동적으로 짐을 풀었다. 이 호텔의 어느 구역에서 낙심한 젊은 남자가 자기 침실에 조용히 누워 밤이 지나가기만 기다리고 있을지도 몰

---

14 쿠르치오 말라파르테(1898~1957), 이탈리아의 문인·영화인·저널리스트.

랐다. 나는 어둠 속에서 잠시 그 긴 기다림을, 누워 있는 그 남자의 옆모습을, 아니, 베개에 파묻히고 턱수염으로 푸릇해진 그 남자의 얼굴을 상상해보았다. 그런 다음 『카푸트』[15]에 몰두해, 거기에 나오는 괴상하고 야만적인 세계 외의 모든 것을 잊었다. 힘든 하루였다.

다음 날 아침 병원에 가기 전, 내가 특히 좋아하는 미국 화가 에드워드 호퍼의 전시를 보러 갔다. 고독한 인물들로 가득한 그 우울한 그림들 앞에서 몽상에 잠겨 한 시간을 보냈다. 특히 〈바다를 바라보는 사람들〉이라는 제목의 그림 앞에서 시간을 끌었다. 그림 속에서는 한 남자와 한 여자가 나란히, 그러나 서로에게 완전히 낯선 사람들인 채로 정육면체 모양의 집 앞에 앉아 바다를 보고 있다. 거기서 앨런과 내가 했던 공동생활에 대한 암시가, 잔인한 설명이 엿보이는 것 같았다.

앨런은 면도를 했고, 안색이 조금 돌아와 있었다. 눈빛에 담겨 있던 광기 어리고 애원하는 듯한 번득임은 사라져 있었다. 그 번득임 대신 내가 곧바로 눈치채지 못한 다른 번득임이 어려 있었다. 불신과 분노의 번득임. 그는 내가 자리에

---

15 1944년에 발표된 말라파르테의 자전적 소설.

앉을 시간을 겨우 주었다.

"당신 어머니 집에서 나와 줄리우스 A. 크람의 스위트룸으로 옮겨간 것 같던데? 그 사람하고 같이 온 거야?"

"아니. 그 사람이 자기 스위트룸을 나에게 빌려준 거야. 당신 어머니하고 나는 잘 안 맞잖아, 당신도 알다시피……." 내가 대답했다.

그가 내 말을 잘랐다. 그의 뺨이 분홍빛이 되고 눈이 반짝였다. 질투가 그의 안색을 얼마나 좋게 만들어주었는지를 나는 서글픈 마음으로 한 번 더 확인했다. 그런 기이한 인간 종족이 존재한다. 그 종족은 우리의 생각보다 더 널리 퍼져 있으며, 오로지 싸움 속에서만 힘과 균형을 찾는다.

"나는 바보같이 이렇게 생각했어. 당신이 나를 보러 일부러 왔다고 말이야. 하기야, 그 남자가 이틀이 넘도록 당신을 혼자 내버려둘 만큼 바보는 아니겠지. 그 남자 언제 도착해?" 앨런이 말했다.

나는 무척 화가 났다. 그에게 나의 선의를 납득시키지 못하게 만든, 진실인 동시에 거짓인 그 직감이 가증스러웠다. 나는 우리의 결혼생활 내내 그랬듯이 빠져나올 수 없는 상황에 처해 있었다. 항상 의심받고, 결코 결백할 수 없었다. 나는 그의 말을 농담으로 넘기고 호퍼에 대해, 뉴욕에 대해,

비행기에 대해 이야기했다. 하지만 그는 내 말에 귀 기울이지 않았다. 곧장 과거에 대한 비난들을 다시 끄집어냈다. 그의 감정에는 분노와 안도가 섞여 있었다. 나는 속으로 내가 옳았다고, 우리는 헤어질 수밖에 없으며 나를 너무도 취약하고 연민 가득하게 만든 어제의 만남은 그저 사고事故일 뿐이었다고 생각했다. 나의 동정심에 기인한 사고. 그 어떤 열정적 관계도 천천히 진행되는 마비와 쇠퇴라는 벌을 받는 동정심을 기반으로 할 수는 없다는 걸 나는 너무도 잘 알고 있었다.

"당신은 줄리우스와 나 사이에 육체적 관계가 없다는 걸 잘 알고 있잖아." 내가 마지막 시도로 말했다.

"그렇지. 나와 함께 살 때도 당신은 그런 관계가 더 아름답다고 생각했으니까." 그가 대꾸했다.

"당신이 말하는 것처럼 당신과 함께 살 때도 나에겐 당신 말고는 아무도 없었어. 오직 당신 때문에 두 번의 사고가 일어난 거지."

"어쨌든 줄리우스 A. 크람은 당신을 자기 날개 밑에, 황금 날개 밑에 데려다놨어. 그리고 당신은 그걸 즐기는 것처럼 보이고. 게다가." 그가 돌연 난폭한 태도를 보이며 덧붙였다. "당신이 그 남자와 잤든 안 잤든, 당신이 대체 나를 어디로 몰아가고 싶은 건지 모르겠어! 당신은 끊임없이 그 남자를 만나고, 그 남자와 이야기를 하고, 그 남자에게 전화를 걸고, 그 남자에게 미소를 보내잖아. 그래, 미소를 보내지. 내가 아닌 다른 사람과 이야기를 한다고! 그러니 그자가 당신을 건드린 적이 없다 해도 상황은 마찬가지야."

"당신이 여기로 떠나오기 전의 마지막 몇 주를 우리가 다시 되풀이하길 바라는 거야? 광포한 미치광이들이 아파트 안에 갇혀 날뛰던 그 일을? 그게 당신 인생의 꿈이야?"

그는 나를 뚫어져라 응시했다.

"그래." 그가 대답했다. "그 이 주 동안 나는 당신을 온전히 내 것으로 소유했지. 내가 당신을 데려간, 당신이 아는 사람이 아무도 없던 그 인적 없는 해변들에서 당신을 내 것으로 소유했던 것처럼. 하지만 이 주가 지나자 당신은 그곳의 낚시꾼들, 카페 손님들, 웨이터들과 친구가 되었고 우린 다시 떠나야 했어. 우리는 버진 제도와 바베이도스, 갈라파고스 제도를 샅샅이 돌았지. 하지만 당신이 아직 알지 못하는 다른 섬들이 남아 있어. 난 당신을 그 섬들로 데려갈 거야, 그래야 한다면!"

그가 울부짖기 시작했다. 그는 땀을 흘렸고, 정말로 미쳐가고 있었다. 나는 깜짝 놀라 의자에서 몸을 일으켰다. 주사기로 무장한 여자 간호사가 침착하지만 재빠른 몸짓으로 들어왔다. 앨런이 몸부림을 치자 그녀가 비상벨을 눌렀고, 남자 간호사가 나타나 나에게 나가라고 손짓을 했다. 나는 소설에서처럼 구토하고 싶은 끔찍한 욕구를 느끼며 복도 벽에 몸을 기대고 가만히 서 있었다. 앨런은 계속 브라질의 섬들, 해변들, 인도의 지역 이름들을 큰 소리로 외쳐댔다. 목소리가 점점 더 날카로워졌고, 나는 귀를 틀어막았다. 갑자기 조용해지더니, 여자 간호사가 완전히 차분한 얼굴로 병실에서 나왔다.

"환자분의 상태가 말이 아니에요." 그녀가 나에게 말했다. 나에겐 그녀의 눈빛이 비난으로 가득한 것처럼 느껴졌다.

난 할 만큼 했어. 더 이상 어쩔 수가 없다고. 나는 발길을 돌려 조금 비틀거리며 그 조용한 병원을 다시 가로질렀다. 앨런이 무슨 말을 했든, 다시는 그를 보지 않을 것이다. 그를 다시 보는 것은 불가능했다. 가능하지 않았다. 이 두 마디가 피에르 호텔의 스위트룸까지 나를 쫓아왔다. 나는 문을 밀어 열었다. 줄리우스의 여비서가 짐을 풀다가 겁먹은 표정으로 나를 쳐다보았다. 이윽고 줄리우스가 자기 침실에서 나왔고, 나는 눈물을 흘리며 그의 어깨에 얼굴을 묻었다. 그는 나보다 키가 작았기 때문에, 내가 그에게 기대려면 몸을 조금 기울여야 했다. 그렇게 하고 있으니 우리의 실루엣은 마치 잘 마르고 매우 단단한 버팀목에 곧게 고정된, 미쳐 날뛰는 초록식물 같았다.

11장

나소 해변은 하얗고 아름다웠다. 태양이 뜨거웠으며, 물은 투명하고 미지근했다. 나는 해먹에 길게 누운 채 이 모든 것을 주문처럼 되뇌었고, 눈앞에 보이는 것을 믿으려고 애썼다. 하지만 그러지 못했다. 이 모든 행복들에 더해 그 어떤 행복감도 느끼지 못했다. 심지어 육체적으로도.

사흘 전 여기에 온 이후, 음흉한 짐승이 내 머릿속에서 뛰어다니며 이렇게 말하고 있었다. '너 여기서 뭐 해? 이래봤자 무슨 소용이 있어? 넌 혼자잖아.' 하지만 나는 때때로, 그리고 홀로 엄청난 행복의 순간들을, 거의 형이상학적인 순간들을 경험했다. 그런 순간에, 정확히 그 순간에 우리는 눈부시고 구체적인 섬광 속에서 자신이 존재한다는 단순한 사실을 통해 인생이 멋지다는 것을, 인생이 온전하고 되돌릴 수 없을 정도로 정당화된다는 것을 불현듯 깨닫는다. 나의 행복들은 다른 사람과 공유한 행복이었다. 그리고 그 행복들은 매우 많아 보였다. 마치 행복의 아주 작은 분자들을 발견하고 포착하기 위해서는 두 시선의 결합에 의해 만들어진 감상적인 현미경이 필수불가결한 것처럼.

그런데 내 시선은 실제적으로 혼자 그런 눈부신 빛을 재창조할 만큼 충분히 강렬하지 않았다. 줄리우스는 열기를 두려워해 에어컨이 갖춰진 호텔의 호화로운 응접실에서 사업 이야기를 했다. 그리고 우리가 비서 바로 양과 함께 식사할 때, 햇볕에 그을린 내 피부를 칭찬하는 것을 잊지 않았다. 그는 피부가 창백하고, 매우 피곤해 보였다. 또한 약 여러 개를, 뉴욕에서 재고를 더 확보해서 가져온 흰색 노란색 빨간색 알약들을 삼켰다. 때때로 그는 가여운 바로 양에게 긴급히 손짓을 해 그 약들을 요청했고, 그러면 바로 양은 불안한 눈빛으로 그를 바라보았다. 나는 개인적으로 약을 끔찍이도 무서워했지만, 모든 사람이 자신의 아주 작은 생리적 근심거리도 열심히 설명하는 요즈음, 시대에 뒤떨어진 부끄러워하는 태도로 그런 암시를 하는 일은 피했다. 그래도 약에 대한 그런 강렬한 욕망이 걱정스럽게 보였으므로 나는 결국 바로 양에게 그 약들이 무엇인지 물었고, 그녀는 어색한 표정으로 각성제와 수면제, 신경안정제들의 터무니없이 긴 목록을 나에게 말해주었다.

나는 무척 놀랐다. 굳건하고 강인한 사업가 줄리우스가 신경안정제를 필요로 하다니? 나의 보호자가 보호를 갈망

하다니? 세상이 거꾸로 뒤집힌 셈이었다. 하지만 나는 영양 상태에 문제가 없는 전 세계 인구의 90퍼센트가 그런 보조약에 의지한다는 걸 알고 있었다. 그러니 사업과 외로움의 무게에 짓눌리는 줄리우스가 그런 약을 필요로 하는 건 당연한 일이었다. 그렇다고는 해도, 그건 그의 정신적 불균형을 알려주는 최초의 신호였고, 나는 겁이 났다. 하지만 나는 콘크리트 밑에는 항상 모래가 있거나 모래 밑에는 콘크리트가 있다는 것을, 그리고 존재하기의 어려움이 모든 사람에게 보편적이라는 것을 충분히 알 만큼 성인이었다. 그래서 나는 줄리우스의 유년 시절, 그동안 살아온 인생, 깊은 본성에 관한 질문들을 나 자신에게 하기 시작했다. 이제 때가 되었다. 나에게 그토록 선의를 가진 사람에게 좀 더 일찍 관심을 가질 수도 있었는데 말이다.

이 짧은 회한의 순간은 제쳐두고, 히스테리컬한 미국 여자들과 지친 사업가들이 가득한 만화 속 장소 같은 나소에서 나는 몹시 지루했다. 다행히, 상어와 세균 걱정을 피하게 해주는 수없이 많은 수영장들의 경쟁 덕분에 바다는 온전히 내 것이었다. 내가 해변에서 느낀 영속적인 고독은 이따금 나를 짓누르고 조금 마비시켰음에도 불구하고 병실에서 앨런이 지른 외침 소리의 메아리를 완화해주었고, 나는 지나치게 조바심을 내지 않고 내 몸이 풍경과 호응하기를, 혹은 다시 파리로 돌아가기를 기다렸다. 밤 시간들은 매우 아름다웠다. 우리는 바다와 가까운 테이블에 자리를 잡았고, 눈에 보이지 않는 피아니스트가 그늘 속에서 봉고 리듬에 맞춰 콜 포터의 옛 히트곡들을 연주했다. 저녁 식사가 끝나면, 얼마 되지 않는 손님들이 해먹에 길게 누워 파도가 내는 끈질긴 소음 속에서 바다와 달이 수면에서 반영反影을 주고받는 모습을 구경했다.

그러던 어느 날, 줄리우스가 엉뚱하게 슈트라우스의 왈츠를 듣고 싶어했다. 나는 바다 아주 가까이 놓인 나무 연단 위에 피아니스트가 있는 것을 발견했고, 조금 동요된 목소리로 그에게 곡을 신청했다. 그 피아니스트가 눈에 띄게 잘 생겼기 때문이었다. 피부가 진한 갈색이고, 매우 호리호리했으며, 굉장히 나른하면서도 자신감이 넘쳐 보였다. 우리는 강렬한 눈길을 나누었다. 내가 인생에서 모르는 남자와 그런 눈길을 나누는 일은 매우 드물었다. 계속적인 혹은 계속적이지 않은, 하지만 서로를 알아보았다는 명백한 표시인 눈길 말이다. 그가 빈 왈츠를 연주하기 시작했고, 나는 지나간 혹은 앞으로 다가올 나의 일탈에 미소 지으며 그에게서 멀어졌다. 그런 다음 그를 잊었다. 하지만 그 선물 같은 눈길을 통해 잠시 내가 여자라는 느낌을, 살아 있다는 느낌을 받을 수 있었다.

다음 날 줄리우스가 해변에서 쓰러졌다. 그는 내 해먹까지 와서 더위에 관해 무슨 말을 중얼거리더니, 갑자기 앞으로 고꾸라졌다. 그는 블루마린색 블레이저에 넥타이, 회색 바지 차림 – 다행히 그는 호텔의 몇몇 활력 없는 손님들이 과시하듯 입는 반바지와 티셔츠를 좋아하지 않았다 – 으로 내 발밑에 쓰러져 있었다. 빛나는 해변에 길게 누워 있는 그 어두운 색의 작은 육체가 한순간 마치 초현실주의 그림에서 빠져나온 것처럼 보였다. 나는 허둥댔고, 누군가가 달려왔고, 우리는 줄리우스를 그의 방으로 옮겼다. 의사는 과로와 긴장 때문이라고 말했고, 나는 바로 양과 함께 한 시간 동안 그가 정신을 차리기를 기다렸다. 정신이 돌아온 그가 나를 찾았고, 나는 그의 침실로 들어가 아픈 아이 앞에 앉듯 측은한 마음으로 침대 발치에 앉았다. 연한 회색 파자마 차림의 그는 목 아랫부분에 털이 전혀 없었고, 안경을 쓰지 않은 파란 눈을 추운 듯 파르르 떨고 있었다. 그가 너무도 무력해 보이고 나이 먹은 작은 소년처럼 보여서, 나는 그를 위로하기 위해 장난감이나 과자를 가져오지 않은 것을 잠시 후회했다.

"미안해요. 내가 당신을 겁먹게 한 것 같네요." 그가 말했다.

"굉장히 겁먹었어요." 내가 털어놓았다. "쉬어야 해요, 줄리우스. 해변에서 산책하고, 해수욕도 좀 하고요."

그의 얼굴이 붉어졌다.

"난 항상 물을 무척 무서워했어요. 사실 난 수영을 못 합니다."

나는 웃음을 터뜨렸다. 그가 너무도 당황한 표정이었던 것이다.

"내일 제가 수영장에서 가르쳐드릴게요. 어쨌든 오늘은 일하지 마요. 제 옆에서 해먹에 조용히 누워 있어요. 그리고 바다를 봐요. 당신은 바다 색깔이 어떤지도 모르잖아요." 내가 말했다.

사회복지사라도 된 기분이었다. 그가 희미하게 고개를 끄덕였다. 누군가가 자기를 위해 결정을 내려주는 것을 기뻐하는 듯했다. 평소의 그와는 정반대인 이런 의존성이 모든 인간이 지닌 기본적 욕구 같았다. 그리하여 의사의 허락과 바로 양의 도움을 받아, 줄리우스를 그의 담요와 함께 줄로 된 커다란 해먹에 데려다놓았다. 줄리우스의 몸이 해먹 속에 반쯤 파묻혔다. 나는 그의 옆에 자리를 잡고 책을 펼쳤다.

그가 피곤해 보였고 조용히 두어야 할 것 같았기 때문이다.

"책을 읽고 있나요?" 그가 애처로운 목소리로 물었다.

"아니요." 나는 뻔한 거짓말을 했다. 그런 다음 책을 덮었다.

그와 이야기를 나눠야 했다. 나는 약물 남용에 관한 짧은 훈계로 이야기를 시작했다. 하지만 줄리우스는 몹시 흥분해서 똑같이 애처로운 목소리로 내 말을 잘랐다. 내 눈에는 그의 머리칼, 담요 그리고 불안정한 카누에 타기라도 한 듯 해먹 양쪽 가장자리를 움켜쥔 그의 두 손 말고는 아무것도 보이지 않았다.

"당신 지루해요?" 줄리우스가 물었다.

"아뇨. 왜요? 이 나라는 무척 아름답고, 난 아무것도 하지 않고 지내는 게 참 좋아요."

"당신이 지루해하지 않을까 줄곧 두려웠습니다. 만약 그렇다면 나에겐 끔찍한 일일 거예요." 줄리우스가 말했다.

"그게 왜요?" 내가 즐거운 목소리로 물었다.

"당신을 알게 된 이후 나는 더 이상 지루하지 않으니까요."

나는 주저하는 목소리로 "다정하기도 하네"라고 중얼거렸다. 그가 이어서 할 말이 두려워지기 시작했다.

"당신을 알게 된 이후." 줄리우스가 계속 말했다. 수줍음 또는 담요 때문에 억눌린 목소리였다.

"당신을 알게 된 이후, 나는 더 이상 외롭다고 느끼지 않습니다. 난 항상 무척 외로운 사람이었어요. 분명 내 잘못 때문이었을 겁니다. 난 사람들과 이야기하는 법을 몰라요. 사람들을 겁먹게 하거나 불쾌하게 만들었지요. 특히 여자들을요. 여자들은 내가 지나치게 단순하거나 지나치게 보잘것없는 것들을 원한다고 생각했습니다. 아니, 어쩌면 내가 여자들과 함께 있을 때 보잘것없는 건지도 모르죠. 잘 모르겠습니다."

나는 말없이 가만히 있었다.

"그것도 아니면." 그가 피식 웃으며 계속 말했다.

"내가 보잘것없는 여자들만 만나는 건지도요. 게다가 난 사업에 너무 얽매여 있었어요. 당신도 알겠지만, 사업을 하다 보면 절대 평온하게 지낼 수가 없거든요. 전력을 기울이지 않으면 모든 것이 악화돼요. 늘 현장을 지키고 결정들을 내려야 합니다. 그것이 더는 재미있지 않더라도요. 이유는 알 수 없지만 우린 고생을 자초하고 있어요."

"당신에게 딸린 사람들이 많잖아요. 그러니 당신이 근심하는 건 당연해요."

"물론이죠. 그 사람들은 나에게 의존하고 있어요. 하지만 나는 아무에게도 의존하지 않습니다. 난 다른 사람을 위해 일하지는 않아요. 당신에게도 말했듯이, 예전에 나는 가난했습니다. 그래서 내가 더 외로움을 느끼거나 더 불행하다고 생각하진 않아요." 그가 말했다.

너무 큰 해먹에서 솟아오르는 작고 서글픈 그 목소리가 나를 예기치 않은 다정함과 연민으로 가득 채웠다. 나는 마음을 놓으려고, 내가 파리에서 알았던 무시무시하고 냉정한 사업가를, 꿰뚫는 듯한 눈빛과 냉혹한 목소리를 가진 남자를 떠올리려고 애썼다. 하지만 조금 아까 내가 본, 햇빛 아래 쓰러진 블루마린색 블레이저 차림의 조그만 남자만 떠오를 뿐이었다.

"왜 한 번도 결혼을 안 한 거예요?" 내가 물었다.

"결혼하고 싶은 마음이 딱 한 번 들었어요. 그 영국 아가씨하고요. 당신 기억해요? 그 일에서 벗어나는 데 오래 걸렸어요. 그리고 그다음엔 너무 쉬웠죠. 당신도 알다시피, 난 굉장히 부자잖아요……."

"그것 말고 다른 것 때문에 당신을 사랑한 여자들도 분명히 있었을 거예요." 내가 말했다.

"난 그렇게 생각하지 않습니다. 그게 아니면, 내가 그 여자들에게 부당했거나요."

침묵이 내려앉았다. 나는 흔해빠진 말이나 바보 같은 격려의 말이 아닌 어떤 말을 그에게 꼭 해주고 싶었다. 하지만 그런 말을 찾아내지 못했다.

줄리우스가 점점 더 낮아지는 목소리로 말했다.

"그런 이유로 당신을 알게 된 이후 내가 훨씬 더 행복해진 겁니다. 당신을 지키고, 마침내 누군가를 돌보는 기분이에요. 그리고 말로 표현하긴 힘들지만, 요전날 당신이 피에르 호텔로 왔을 때, 당신이 눈물을 흘렸을 때, 그리고 내가 당신을 위로하도록 허락해주었을 때, 그래요, 이런 말이 역겹다는 거 압니다, 하지만 그때만큼 행복한 적이 오랫동안 없었습니다."

나는 아무 말도 하지 않았다. 꼼짝도 하지 않고 가만히 있었다. 땀 한 방울이 등을 따라 흘러내리는 것이 느껴졌고, 나는 눈을 감았다. 앞이 보이지 않으면 소리도 들리지 않을 것처럼. 동시에 나는 나 자신에 대한 일종의 무자비한 조롱으로, 의사 알페른의 집에서 우리가 처음 만난 이후, 줄리우스 A. 크람과 마주 앉은 두 번째 만남 이후 내가 이 순간을 기대해왔음을 인정했다. 나의 선의는 위선이라는 또 다른 이름을 갖고 있었고, 나의 무관심은 사실상 무분별이었다.

"당신을 잃는다면 난 견딜 수 없을 거예요." 줄리우스가 말했다.

그렇지 않다고, 당신은 아무것도 잃을 수가 없다고 그에게 말하는 것은 문제가 아니었다. 나는 그와 함께 이 여행을 하고 있고, 그와 함께 거의 매일 저녁 외출을 했다. 내가 지루할 때 찾은 사람은 그였고, 의지한 사람도 그였다. 육체적 소유를 하지 못한다는 사실이 그에게 정신적 소유의 느낌을 방해하지는 않았다. 아마도 육체적 소유의 부재가 그를 더 격렬하게 만드는 것 같았다. 그것을 부정하는 건 잔인하고 어리석은 일이었다. 우리는 침대를 함께 쓰지 않고도 누군가를 충분히 소유할 수 있다. 비록 그것이 유행은 아니라도 말이다. 그리고 그것이 유행이 아닌지 어떤지는 오직 신만이 아신다. 사실 그 가짜 증여를, 내 육체의 손쉽고 일시적인 대여를 거절하면서 나는 그것을 허락했던 많은 남자들보다 그에 대한 책임을 더 많이 느끼고 있었다. 나는 분위기를 가볍게 만들어보려고 마지막으로 노력했다.

"당신이 저를 잃는다니, 말도 안 돼요, 줄리우스……."

그가 내 말을 잘랐다.

"내가 당신과 결혼하기를 깊이 열망하고 있다는 걸 당신이 알면 좋겠습니다."

이 말에, 어조에, 생각에 깜짝 놀라, 그 말이 내 답변을 요구한다는 사실에, 내 답변이 노라는 사실과 내가 그를 아프게 하길 원치 않는다는 사실에 깜짝 놀라 나는 내 해먹에서 몸을 일으켰다. 그리고 한 번 더 나는 공포에 질리고 비난받아 마땅한, 내가 공유하지 않는 감정들의 무자비한 총격에 포위된 먹잇감이 되었다.

"대답하지 마요." 줄리우스가 급히 말했다. 그의 목소리에서, 나는 그 역시 나만큼이나 두려워하고 있다는 걸 깨달았다. "나는 당신에게 아무것도 요구하지 않습니다. 특히 그어떤 대답도 요구하지 않아요. 그저 당신이 이걸 알아주기만을 바랐어요."

비겁하게도 나는 해먹 속에 다시 파묻혀 담배를 찾았다. 그리고 언제부터인가 피아니스트가 연주를 하고 있음을 불현듯 깨달았다. 곡 제목을 알아차렸다. 〈무드 인디고〉였다. 나는 기계적으로 그 노래 가사를 떠올려보려 했다.

"그만 자러 가겠습니다. 실례할게요. 조금 피곤하네요. 저녁은 내 침실에서 먹을 겁니다." 줄리우스가 말했다.

"잘 자요, 줄리우스." 내가 중얼거렸다. 그는 자신의 사랑을 내 발치에 버려둔 채, 즉 나를 완전히 무너지도록 놓아둔 채 해변을, 바다를 떠나 팔 밑에 담요를 끼고 멀어져갔다.

한 시간 뒤, 나는 인적 없는 바에 앉아 있었다. 플랜터스 펀치 두 잔을 마셨다. 10분 뒤, 피아니스트가 나타나 한 잔 더 드려도 되겠느냐고 나에게 허락을 구했다. 30분 뒤, 우리는 서로의 이름을 알게 되었고, 한 시간 뒤, 나는 그의 방갈로에서 알몸으로 그에게 기대어 있었다. 한 시간 뒤, 나는 모든 걸 잊었고, 간음한 여인처럼 몸을 숨긴 채 잠을 자러 돌아갔다. 물론 자랑스럽지 않았다. 하지만 나는 그 일에 대해 착각하지 않았다. 내 육체의 행복한 포만감은 마음의 굶주림만큼이나 진짜였던 것이다.

12장

그 초봄 저녁, 파리는 눈부셨다. 건물들의 금색과 청색 자재가 그곳의 조명만큼이나 빛났다. 다리들은 공중에 걸쳐져 있는 것처럼 보이고, 기념물들은 부유浮遊하는 것 같았으며, 보행자들의 발걸음은 가벼워 보였다. 나는 행복감을 느끼며 꽃집에 들어갔고, 다리 짧은 개 한 마리가 내 쪽으로 달려오며 짖어댔다. 그 개가 꽃집의 유일한 주인 같았다. 잠시후, 사람이 보이지 않아서 나는 그 개에게 튤립과 장미의 가격을 물었다. 녹색식물들을 개에게 가리키며 가게 안을 걸어다녔고, 개는 그 놀이에 확연히 기분이 좋아져서 낑낑대며 나를 따라왔다. 내가 황수선화의 매력에 관한 말들을 열광적으로 흥얼거리기 시작했을 때, 누군가가 진열창을 두드렸다. 나는 뒤를 돌아보았고, 한 남자가 보도 위에서 미소 띤 얼굴로 놀리듯 검지손가락으로 자기 이마를 두드리고 있는 것을 보았다. 그는 5분 전부터 내가 개와 함께 벌이는 판토마임을 우스꽝스럽게 여기며 지켜본 것 같았다. 나는 그에게 미소로 답했다. 우리는 햇빛에 잠긴 유리창 너머로 서로를 바라보았고, 개는 더욱 맹렬하게 짖어댔다. 루이 달레가 문을 열고 들어와 내 손을 잡고 가만히 서 있었다. 그는 내가 기억하는 것보다 키가 훨씬 더 컸다.

"아무도 없네요. 이상해요, 가게는 열려 있는데." 내가 말했다.

"그 개와 장미 한 송이만 가지고 가면 되겠네요." 그가 대꾸했다.

그가 화병에서 장미 한 송이를 뽑아내 나에게 내밀었고, 개는 그 좀도둑에게 화를 내지 않고 꼬리를 흔들었다. 우리는 개를 자기 자리에 놓아두고 햇빛 아래로 나갔다. 루이 달레는 여전히 내 손을 잡고 있었고, 나에게는 그것이 매우 자연스럽게 느껴졌다. 우리는 몽파르나스 대로大路를 걸어 내려갔다.

"나는 이 구역이 참 좋습니다. 여자들이 개한테서 꽃을 사는 걸 볼 수 있는 유일한 곳이에요." 그가 말했다.

"난 당신이 시골에 있는 줄 알았어요. 디디에가 나에게 당신이 수의사라고 말했거든요."

"형을 보러 가끔 파리에 옵니다. 우리 좀 앉을까요?"

이렇게 말한 뒤, 그는 내 대답을 기다리지도 않고 어느 카페 테라스의 작은 테이블 앞에 나를 앉혔다. 그가 내 손을 내 무릎 위에 올려놓고는 자기 주머니에서 담뱃갑을 꺼냈다. 그의 자유로운 몸짓이 나는 무척 마음에 들었다.

"그런데 방금 도착해서 디디에를 아직 보지 못했습니다. 디디에는 어떻게 지내요?" 그가 말했다.

"디디에와는 전화 통화만 했을 뿐이에요. 저도 겨우 이틀 전에 여기 돌아왔거든요."

"어디에 갔었는데요?"

"뉴욕, 그리고 나소요."

순간 나는 그가 우리의 첫 만남 때와 똑같이 비꼬는 어조로 줄리우스에 대해 이야기할까봐 두려웠다. 하지만 그는 그러지 않았다. 그는 태평하고 기분 좋고 차분해 보였다. 더 젊어진 것 같았다.

"그런 것 같네요. 당신 피부가 많이 그을렸어요." 그가 말했다.

그가 내 쪽으로 고개를 돌리고는 나를 찬찬히 살폈다. 눈이 놀라울 정도로 맑았다.

"긴 여행이었네요?"

"남편이 아파서 보러 갔어요……."

나는 말을 그쳤다. 갑자기 뉴욕의 그 병원이, 지나치게 하얀 그 해변이, 정신을 잃은 줄리우스의 모습과 피아니스트의 지나치게 잘생긴 얼굴이, 그 모든 것이 노출이 과한 오래된 컬러 영화의 일부처럼 느껴졌다. 정말이지 내 옆에 있는 남자의 얼굴만, 잿빛 보도와 대로 구석에서 평온하게 푸르러지고 있는 나무들만 보였다. 파리로 돌아온 후 처음으로 나의 도시에 와 있다는 기분이 들었다. 요즘 모든 것이 너무 혼란스러웠다. 돌아오는 비행기 안에서 줄리우스는 나에게 해변에서 방황했던 그 몇 분 동안의 일은 잊어달라고 부탁했다. 그리고 뒤크뢰의 이상할 정도로 열광적인 환대, 전화기 너머에서 들린 디디에의 안심한 목소리. 혼란과 의심이 내 인생의 주된 색채였다. 나는 줄리우스가 암시한 현상現狀 속으로 도피했다. 하지만 그 몇 주는 조금 전 그 다리 짧은 개와 루이 달레가 내 인생 속으로 들어오기 직전까지 나에게 엉망진창과 슬픔의 인상만을 남겼다.

"개가 한 마리 있으면 참 좋을 것 같아요." 내가 말했다.

"나에게 친구 한 명이 있습니다. 그 친구의 개가 최근에 베르사유에서 새끼를 낳았어요. 강아지들이 무척 예뻐요. 당신에게 한 마리 가져다줄게요." 루이 달레가 말했다.

"무슨 종種인데요?"

그가 웃음을 터뜨렸다.

"그게 좀 묘해요. 반은 늑대 비슷한 개, 반은 사냥개랍니다. 내일 볼 수 있을 거예요. 당신 사무실로 데려가겠습니다."

나는 진지하게 걱정이 되기 시작했다.

"하지만 병에 걸리지 않도록 주사를 먼저 맞혀야 해요. 그래야……."

"네, 네, 그럼요. 내가 수의사라는 걸 잊지 마세요."

그는 개 주인으로서 내 인생에 푯말을 세울 수 있는 모든 재앙들에 관해 유머러스한 태도로 짧게 설명했고, 나는 두려움을 웃음으로 때웠다. 시간이 지독히도 빠르게 지나갔다. 7시가 넘었다. 한결같은 드부 부인 집에 가서 저녁 식사를 해야 했는데, 나에게는 그것이 그 어느 때보다 병적으로 지루하게 느껴졌다. 그 일만 아니면 개에 대해, 고양이와 염소에 대해 이야기하면서, 그리고 어둠이 도시를 뒤덮는 모습을 구경하면서 이곳에서 기꺼이 저녁 시간을 보냈을 것이다. 하지만 나는 나소의 아름다운 섬으로 떠난 나와 줄리우스의 밀월여행에 대해 지나치게 흥분해 있을 그 수다스러운 소수의 군중을 다시 만나야 했다. 수의사와 악수를 하고 마지못해 그 자리를 떴다. 길모퉁이로 돌아가면서 나는 여전히 같은 테이블에 꼼짝 않고 앉아서 머리를 조금 뒤로 젖힌 채 나무들을 바라보는 그의 모습을 보았다.

줄리우스가 내 조그만 응접실에서 나를 기다리고 있었고, 나는 옷을 갈아입었다. 그리고 욕실에서 급히 화장을 했다. 문은 주의 깊게 닫았다. 다른 누구와 함께였다면, 이야기를 하기 위해 욕실 문을 반쯤 열어놓았을 것이다. 줄리우스가 했던 마지막 말들, 그의 청혼이 나로 하여금 겁먹은 아가씨의 반사적 행동을 하게 했다. 위험의 전적인 부재가 모든 것을 위험하게 만들었다. 더 짜증스러운 것은, 내가 나를 기다리는 남자의 마음에 들려고 애쓰지 않았기 때문에 거울 속에 비친 나 자신의 마음에도 전혀 들지 않았다는 사실이다.

나는 그런 서글픈 기분으로 이렌 드부의 응접실로 들어갔다. 그녀가 우리를 향해 다가와 내 얼굴빛이 좋다며 탄복하더니 줄리우스는 안색이 창백하다고 걱정했다. 줄리우스는 나이 탓인지 멀리 있는 섬들로의 그 사랑의 탈주를 잘 견디지 못한 것 같았다. 이 모든 것은 분명 그에 대한 중상中傷 혹은 나에 대한 상상일 뿐이었다. 나는 곧바로 진이 빠져버렸다. 나는 돈 많은 남자의 부양을 받는 어린 여자 역할에서 뱀파이어 역할로 옮겨갔다. 아마도 더 흥미를 끄는 역할이겠지만 나는 그 역할이 마음에 들지 않았다. 응접실을 둘러보았다. 그리고 호기심과 빈정거림이 새겨진 것처럼 보이는 많은 얼굴들을 알아보았다. 결국 나는 편집증 상태가 되었다. 게다가 이렌 드부가 내 눈빛을 보고 즉시 나에게 "맙소사, 친애하는 디디에가 우리와 함께하지 못한다네요. 가족 식사가 있대요"라고 알려주었다. 나는 잠시 그 두 남자를, 다시 만나 기뻐하며 밤 시간에 파리의 길거리를 자유롭게 거니는 디디에와 루이 형제를 상상했다. 그들이 몹시도 부러웠다.

나는 이 신랄한 늙은이들과 함께 무얼 하지? 한편으로 생각하면, 나는 이 점에 관해 과장하고 있다. 사실 이들의 평균 연령은 그렇게 높지 않고, 분위기가 그렇게 저속하지도 않았다. 반대로 일종의 전반적인 만족감이 모인 사람들 위에 떠돌고 있었다. 이렌 드부를 자신들의 집에 초대하는 것이 매우 야심찬 바람이라면, 그녀 집에 초대되길 원하는 것은 훨씬 더 야심찬 바람이었기 때문이다. 여기에는 세련되지 못한 뉘앙스가 있었고 아무도 그것을 모르지 않았다. 파리의 어떤 가정들은 오늘 밤 무척 침울하거나 무척 격앙되어 있을 것이다. 그럼에도 불구하고 나는 드부 부인의 선택에 경탄했다. 손님 구성이 굉장히 자의적이었기 때문이다. 그녀의 맹목적인 추종자 몇 명이 배제되었고, 경쟁자 몇 명이 초대받았으며, 유명인사 몇 명이 무시되고 지방 출신 사람들이 초대되었다. 그들에 대한 호의나 비호의의 이유를 찾아낼 수가 없었다. 그리고 사람들은 각자 그것에 대해 이중으로 깊은 인상을 받았다. 냉혹한 이렌 드부가 자신의 유일한 기쁨의 왕홀을 들어올렸고, 그렇게 진정한 군주를 자처했다. 다른 한편으로, 그녀도 그것을 느꼈을 것이다. 그녀가 그 어느 때보다 즐거워 보이고 말을 많이 했으니 말이다. 그녀는 자신의 심술궂은 초대가 성공해서 감동한 것 같았다. 그리고 경솔하게도 그날 밤 이 집에서 X부부를 볼 수 있느냐고 질문한 어느 무분별한 젊은 여자에게, 드부 부인은 "아뇨 두고 봅시다!"라고 대답했다. 그 대답에서 매우 인상적인 단두대 소리가 났다. 그리고 그 "아뇨, 두고 봅시다!"라는 말은, 그것이 단순히 힘의 증명임에도 불구하고, X부부의 이름을 시즌 내내 수많은 수첩들에서 삭제되게 했다.

나는 이 모든 것을 중간에 알아차렸지만 평소와 달리 시큰둥했다. 사람들이 내 그을린 피부색을 다양한 말로 칭찬했다. 나는 미소를 지었고, 늙어버린 느낌이 들었다. 좀 더 젊었을 적 바캉스에서 돌아온 후의 기억을 떠올렸다. 그때는 많이 웃고 험담도 하면서 내 또래의 여자아이, 남자아이들과 얼굴과 팔을 비교하곤 했다. 그 시절 나는 자주 우쭐했다. 그 정도로 태양을 미치도록 좋아했다. 하지만 오늘 저녁에는 내가 이론의 여지없이 우쭐한다 - 의기양양해한다 -

해도 승리의 느낌은 전혀 없었다. 나는 아르카숑이나 앙다이에서 테니스나 배구를 한 것이 아니었다. 부유한 구혼자가 선물해준 나소 해변의 해먹에서 돌아왔다. 껑충껑충 뛰어다니고, 다이빙을 하고, 재주를 부려서 피부가 그을린 것이 아니었다. 내 몸은 딱 한 번 사용되었다, 어둠 속에서 잘생긴 피아니스트에게 안겼을 때 말이다. 그렇다, 그리고 모든 것이 잘된다면 몇 년 뒤 나는 이렌 드부의 욕실에 있는 것과 같은 가짜 자전거 한 대를 사서 매일 30분에서 한 시간 정도 페달을 밟을 것이다. 상상 속의 언덕들을 넘고, 희망 없이 용을 써서 내 분별없던 청춘의 기억들을 계속 좇으면서. 그렇게 나는 그 자전거에 스스로 몸을 기울였고, 그 모습이 너무 우스꽝스러워서 혼자 웃음을 터뜨렸다. 조롱의 효용……. 이 모든 사람들은 왜 소파에 단단히 자리 잡은 채 자기 자신을, 소파를, 거기에 있는 자기들의 행복을, 그리고 이 집 여주인을, 그들의 존재와 나의 존재를 조롱하지 않는 거지? 카리브 제도의 매력에 관해 읊어대던 내 대화 상대가 입을 다물고는 비난 어린 표정으로 나를 바라보며 물었다.

"왜 웃는 거죠?"

"그러는 당신은요, 당신은 왜 웃지 않는 건데요?" 내가 거칠게 대꾸했다.

"내가 한 말 중에 그렇게 웃긴 말은 없었는데……."

그건 엄연히 사실이었다. 하지만 나는 그에게 그렇다고 말하지 않았다. 나는 늘 연장자들의 이유 없는 오만함이 지겨웠다. 식당 문이 열리고 우리는 식탁으로 옮겨갔다. 나는 줄리우스 왼쪽에 앉았다. 줄리우스는 이렌 드부의 왼쪽 자리였다.

"당신들을 갈라놓고 싶진 않았어요." 그녀가 특유의 메자 보체[16]로 말했다. 그 말에 여느 때처럼 손님 열 명이 소스라쳤고, 한순간 내가 그녀를 너무도 격렬히 경멸한 나머지 그녀의 노골적인 눈길이 내 눈길 아래에서 동요했다. 그녀는 눈길을 돌리고는 공허하게 미소 지었는데, 그녀에게는 한번도 일어나지 않은 일이었다. 그 미소는 나를 향한 것이었고 나는 그 사실을 알고 있었다. 그리고 그 미소는 이런 뜻이었다. '너 내가 밉지. 그런데 난 그게 몹시 기분 좋아. 우리 한번 붙어볼까!' 그녀의 눈길이 다시 나를 향했다. 무구하고 방심한 눈길이었다. 나도 그녀에게 미소를 짓고는 말 없는 건배의 의미로 그녀 쪽으로 고개를 기울였지만 그녀는 그것을 알아차리지 못했다. 나는 속으로 생각했다. '그럼 이만.

---

16 음악 용어. '소리를 반으로 줄여서'라는 뜻.

당신은 나를 다시는 보지 못할 거야. 당신 집에 있으면 너무 지루하고, 당신의 지인들은 나를 지겹게 하거든. 그게 전부야. 그리고 나에게는 그게 미움보다 더 나빠.' 한편으로 나는 이 작별 인사를 조금 후회했다. 왜냐하면, 어떤 면에서는 그녀의 편집광적인 힘, 그녀의 학대 취향, 그녀의 민첩함과 능란함, 너무도 소소한 계획들에 사용된 그 모든 예리한 무기들이 그녀를 가엽게 만드는 동시에 놀라며 관찰하게 만들었기 때문이다.

만찬이 끝도 없이 이어지는 기분이었다. 나는 응접실의 창가로 가서 차갑고 자극적인 밤바람을 들이마셨다. 도시를 휩쓸고, 잠자는 사람들 위로 날아다니고, 밤에 깨어 있는 사람들을 뒤죽박죽으로 만들고, 잠 또는 술에 마비된 그 모든 사람들로 하여금 시골을 꿈꾸게 하는, 가차 없이 고독한 그 공기를. 그 얼어붙은 응접실에서 낡고 찌푸린 얼굴들에 넘겨진 나에게는 어떤 은하수에서 온 그 바람이 유일한 친구이고 내 존재의 유일한 명증明證이었다. 바람이 잦아들고 날리던 내 머리칼이 이마 위로 다시 내려앉자 내 마음도 무너지는 것 같고 내가 죽어야 할 것 같았다. 죽어야지, 안 될 게 뭐야? 나는 30년 전 한 남자와 한 여자가 서로 사랑했기 때문에 이 세상에 태어나 살게 되었다. 그러니 그로부터 30년 뒤 한 여자 – 바로 나 – 가 아무도 사랑하지 않고 인생을 새로운 손님에게 바치고 싶지 않기 때문에 죽기로 결심하지 않을 이유가 무엇이란 말인가? 매우 단순하고 논리가 평범한 논증이 가장 훌륭한 경우가 많다. 불완전한 지식, 불완전한 도덕, 불완전한 이성이 제거된 사회가 얼마나 혼란스러운지 보는 것으로 충분하다. 이 생각을 하고 이 소리에 귀 기울이는 동안, 바람은 겁에 질리고 굶주리고 불안에 사로잡힌 수많은 목소리들을, 매우 멀고 매우 가까운 수많은 목소리들을, 생생하지만 그 수와 단조로움 때문에 커다란 빙산처럼 혹은 의견조사처럼 차가워진, 조용하고 공허해진 목소리들을 휩쓸어갔다. 그리하여 내 머리는 갈피를 잡지 못하고 방황했지만 피해는 없었다. 응답으로 시간을 향해 미소를 보냈고, 담배에 불을 붙여주는 성냥에 대한 고마움을 시간에 전했고, 때때로 하찮지만 대화에 유용한 한마디를 했다. 내가 그들과 멀게 느껴졌다. 하지만 맙소사, 우월하게 느끼지는 않았다. 그렇게 멀리 떨어져 있으니, 그 사람들에 대한 나의 이해가 그 사람들 자신보다 더욱 의심스러워졌다. 누구의, 무엇의 이름으로 그들을 판단해야 할까? 오늘 밤 내가 그들을 버려두고 긴급히 떠나야 한다고 느끼더라도, 그 이유를 스스로에게 설명할 수 없을 것이다. 그들이 나보다 책임감이 더 강하지 않다는 사실에 대한 일종의 도덕적 천식, 질식을 통해서가 아니라면 말이다. 나는 아무것도 이해할 수 없었다. 사실이었다. 상석권, 성공 혹은 실패에 대한 그들의 시스템에 대해. 그리고 그걸 이해하고 싶은 욕구도 전혀 없었다. 끌어내야 했다, 나를 끌어내야 했다. 이건 럭비 용어이고, 나는 그 점에 동의했다. 청소년기 내내 빠른 공격수 역할을 하고 난투극 한가운데에서도 꾸준히 중심인물이었던 내가 앨런과 함께하면서 심장이 약해져 그 유희를 그만두었다. 내 것이었던, 심판도 없고 규칙도 없는 조금 노래진 잔디밭을 떠났다. 나는 혼자였고, 아무것도 아니었다.

줄리우스가 생각의 이러한 비약을 중단시켰다. 그가 어두운 표정으로 내 옆에 와 있었다.

"이 만찬이 당신에겐 꽤나 길게 느껴졌겠지요, 안 그래요? 당신 몽상에 잠긴 것처럼 보입니다."

"밤공기를 마시고 있었어요. 그걸 무척 좋아하거든요."

"이유가 궁금하군요."

그의 태도가 너무 냉담해서 나는 놀랐다.

"밤에는 바람이 시골에서 불어오는 것 같아요. 바람이 신선한 흙, 나무, 북부의 해변들에서 날아올라 불어오는 느낌이 드니까요……. 그게 위안이 돼요……."

"바람은 수많은 시체들로 가득한 땅에서, 그것에서 양분을 제공받는 나무들로부터 불어왔습니다. 바람은 썩어가는 혹성에서, 더러운 바다에 의해 더러워진 해변들에서 불어왔어요……. 아, 그래요, 당신은 그게 위안이 된다고 생각하는군요?"

나는 깜짝 놀라서 그를 바라보았다. 그에게서 이런 서정적인 면을 조금이라도 본 적은 한 번도 없었다. 그런 적이 있었다 해도, 관습적인 서정이었을 것이다. 빙하, 에델바이스, 자연의 순수함 같은. 병적인 것에 대한 끌림은 나에게 사업가의 효율과 양립할 수 없는 것으로 보였다. 확실히 나의 사고 체계는 매우 상투적이고 초보적이었다. 그가 나를 바라보더니 미소를 지었다.

"이 혹성은 병들었습니다. 당신에게 이 말을 하고 싶군요. 그리고 당신이 경멸하는 이 응접실은 그 부패에서 생겨난 작은 종기일 뿐이에요. 나는 그것보다 더 작은 것 하나를 당신에게 보장할 수 있습니다."

"당신은 즐겁군요." 내가 조금 무기력해져서 웅얼댔다.

"아닙니다. 난 즐겁지 않아요. 즐거웠던 적이 한 번도 없습니다." 그가 말했다.

그는 나를 소파에 놓아둔 채 자리를 떴고, 나는 그가 방

158

안을 가로지르는 모습을 바라보았다. 그의 안경이 조명을 받아 반짝였다. 키 작은 그의 몸이 곧게 펴져 있었다. 그는 나소의 줄리우스 A. 크람과 닮은 점이 전혀 없었다. 블루마린색 재킷 차림으로 해변에 쓰러져 있던 남자, 커다란 해먹에 움푹 파묻혀 버림받은 것을 한탄하던 남자 말이다. 아니, 여기 이 응접실에서 그는 날렵하고 차가운 태도로, 내가 할 수 있는 것보다 더 경멸적인 태도로 나를 겁먹게 했다. 그가 지나갈 때 사람들이 여느 때처럼 조금 물러선다면, 이번에는 나도 그 이유를 이해할 수 있을 것 같았다.

13장

다음 날 오후 5시경, 나는 남자 한 명과 개 한 마리가 잡지사 앞에서 나를 기다리고 있다는 연락을 받고 급히 나가보았다. 그들이, 남자와 개가 실제로 거기에 있었다. 남자가 커다란 창문 겸용 문 앞에서 역광을 받으며 혹은 해를 등진 채 개를 안고 있었다. 나는 그들에게 다가갔다. 그리고 곧장 부드러운 털과 작은 울음소리의 회오리에 붙잡혔다. 나는 루이에게 몸을 기댔고, 한순간 우리는 기차역 플랫폼에서 재회한 화목한 가족의 모습을 연출했다. 개는 노란색과 검은색 털에 발이 큼직했는데, 두 달 전부터 – 태어난 후부터 – 나를 만나기만 기다려온 것처럼 나에게 입맞춤을 퍼부었다. 루이가 빙긋이 웃었다. 갑자기 너무도 기쁘고 만족스러워서 나는 그를, 그도 와락 끌어안았다. 개가 맹렬히 짖어대기 시작했고, 잡지사 직원들이 모두 개를 보려고 사무실에서 나왔다. "어쩌면 이렇게 귀여울까" "발 한번 크기도 하지" "다자라면 몸집이 엄청 크겠어" 같은 감탄의 말들이 폭풍처럼 지나가고 개가 어안이 벙벙해진 뒤크뢰의 책상 밑으로 달아

난 뒤, 루이가 상황을 정리했다.

"목걸이와 줄을 사줘야 해요. 먹이 그릇과 요람도요. 그리고 이름도 지어줘야겠네요. 이리 와봐요."

나에겐 그 일이 내가 오후 초반부터 고생스럽게 쓰고 있던 막연한 기사보다 더 긴급해 보였고, 우리는 밖으로 나갔다. 루이가 개를 팔밑에 끼고 내 손을 잡았다. 그의 거동으로 보아, 개와 내가 그를 따라가는 것이 이로울 것은 틀림없었다. 그는 회색 푸조를 가져왔고, 우리는 그 차 안으로 휩쓸려 들어갔다. 그가 개를 내 무릎에 올려놓고, 시동을 걸기 전 나에게 의기양양한 눈길을 던졌다.

"그런데 당신 내가 오지 않을 거라고 생각했나요? 나를 보고 놀란 표정이던데." 그가 말했다.

사실 나는 그를 보고 놀란 게 아니라, 그가 온 것으로 인해 내가 경험한 행복의 물결에 놀랐다. 개와 함께 창문 앞에 있는 그를 보았을 때, 갑자기 가족을 재회한 듯한 신기한 느낌이 들었다. 하지만 그에게 이 말을 하지는 않았다.

"아뇨, 당신이 올 거라고 확신했어요. 당신은 공수표를 남발하는 부류의 사람이 아니잖아요."

"사람 볼 줄 아네요." 그가 웃으며 대꾸했다.

우리는 도시의 한 부분을 가로질러 그가 골라둔 상점으로 갔다. 파리는 파랗고 온화했다. 개가 가르랑거리면서 나에게 털을 비볐고, 나는 기분이 좋았다. 우리는 앵발리드 광장에서 개에게 짧은 일주를 시켜주었다. 개가 비둘기들을 쫓아 뛰어갔고, 그러는 바람에 목줄이 열 번쯤 내 다리에 감겼다. 개는 넘치는 생기를 보여주었다. 반면 나는 웃음과 두려움 사이에서 분열되었다. 내가 이 개를 데리고 하루 종일 무엇을 해야 할까? 루이는 놀리는 표정이었다. 내가 무서워하는 걸 보고 몹시도 즐거워했다.

"오호라. 당신 이제 진짜 책임을 갖게 되었네요. 이 녀석을 위해 당신이 결단을 내려야 해요. 이 일이 당신을 변화시킬 겁니다, 안 그래요?" 그가 말했다.

나는 의혹을 느끼며 그를 바라보았다. 그가 줄리우스를, 먹잇감으로 살아온 내 인생을, 혹은 나의 도피 성향을 암시하는 것인지 궁금했다. 루이와 함께 내 스튜디오로 갔다. 내가 떨떠름한 표정의 수위에게 개를 소개했고, 우리가 내 스튜디오에 앉아 있는 동안 개는 카펫 위를 마구 돌아다니기 시작했다.

"오늘 저녁에 뭐 할 거예요?" 루이가 물었다.

바로 그것이 걱정이었다. 사실 나는 줄리우스, 디디에와 함께 개인적인 시사회에 가야 했다. 개를 집에 버려두는 것보다 거기에 데리고 가는 내 모습이 더 잘 그려지지는 않았다. 루이가 즉시 지적했다.

"당신이 혼자 놔두고 가버리면 이 녀석이 울 거예요. 나도 그럴 거고요." 그가 말했다.

"뭐라고요?"

"그래요. 오늘 밤 당신이 우리를, 저 녀석과 나를 여기에 버려두면 이 녀석이 엄청나게 짖어댈 겁니다. 나도 녀석을 진정시키지 않고 고래고래 소리를 지를 거고요. 그러면 내일 집주인이 당신을 내쫓을 거예요."

"그럼 다른 좋은 생각이라도 있어요?"

"물론이죠. 내가 장을 보러 갈게요. 날이 화창하니, 창문을 열고 여기서 셋이 오붓하게 저녁을 먹도록 해요. 개와 내가 당신의 새로운 삶에 익숙해지도록 말입니다."

분명 그는 농담을 하고 있었다. 하지만 표정이 너무도 단호했다. 나는 흥정을 벌였다.

"그러려면 전화를 해서 양해를 구해야 돼요. 게다가 내가 하려는 일은 굉장히 예의 없는 짓이라고요."

이렇게 말함으로써, 방금 그가 나에게 말한 밤 시간 말고 다른 밤 시간을 내가 상상하지 못한다는 걸 인정하게 되었다. 내 얼굴이 당황해서 어쩔 줄 몰라하는 것처럼 보인 듯하다. 그가 웃음을 터뜨리고는 자리에서 일어났으니 말이다.

"그래요, 전화를 해요. 나는 우리 셋을 위해 장을 보러 갈 테니."

그가 모습을 감추었다. 나는 잠시 얼떨떨한 채로 있었다. 이윽고 개가 나에게 뛰어와 무릎 위로 올라오더니 머리카락을 물어뜯었고, 나는 10분 동안 개를 바라보고, 말을 걸고, 진짜 바보처럼 개에게 녀석의 매력, 예쁨, 똑똑함을 설명해 주었다. 루이가 돌아오기 전에 전화를 걸어야 했다. 전화기 너머에서 줄리우스의 작고 무뚝뚝한 목소리가 들렸다. 그를 알게 된 이후 처음으로 그 목소리가 위로가 되지 않고 거북했다.

"줄리우스, 오늘 밤은 미안하게 됐어요. 가지 못할 것 같아요."

"몸이 불편해요?"

"아뇨. 집에 개가 있어요." 내가 대꾸했다.

잠시 침묵이 흘렀다.

"개가? 누가 당신에게 개를 줬습니까?"

나는 놀랐다. 내가 개를 사거나 길에서 데려올 수도 있는 건데 말이다. 내가 갖게 되는 모든 것이 그에게는 누군가 주는 선물로 보이는 듯했다. 필시 그는 나를 주도성이 완전히

164

결여된 여자로 판단하고 있었다. 그리고 지금 이 경우에 그의 생각은 틀리지 않았다.

"디디에의 동생이요. 루이 달레. 그가 잡지사로 개를 데려왔어요." 내가 대답했다.

"루이 달레? 그 수의사 말입니까? 당신이 그를 알아요?" 줄리우스가 물었다.

"조금요." 내가 어정쩡한 어조로 대답했다. "어쨌든 지금 그 개가 있어서 오늘 저녁엔 이 녀석과 떨어질 수가 없어요. 그들이 울 거예요……. 음, 이 녀석이 울 거예요." 내가 고쳐 말했다.

"어쨌거나 재미있네요. 내가 바로 양을 보내 녀석을 돌보게 할까요?" 줄리우스가 말했다.

"당신 비서가 제 개를 돌보려고 하진 않을 거예요. 게다가 이 녀석이 저랑 친해져야 하기도 하고요."

"내 말 잘 들어봐요, 조제. 지금 이 상황이 나에겐 매우 혼란스럽게 느껴집니다. 한 시간 뒤에 당신을 보러 들를게요."

"아, 그건 안 돼요. 안……."

나는 절박하게 핑곗거리를 찾았다. 내가 볼 때 줄리우스의 방문보다 오늘 밤을 결정적이고 효과적으로 망칠 수 있는 것은 없었다. 십중팔구 개는 뇌이에 있는 개 호텔로 보내질 거고, 나는 줄리우스와 함께 영화관에 가게 될 것이다. 그리고 루이는, 루이는, 내가 아는 그의 성미로는, 시골로 돌아갈 것이다. 그리고 나는 다시는 그를 보지 못할 것이다. 이런 상상을 하니 견딜 수가 없었다.

"안 돼요. 저는 개를 산책시키고 개에게 필요한 물건들도 사야 해요. 지금 나가려던 참이에요." 내가 말했다.

침묵이 내려앉았다.

"그 개가 무슨 종인데요?" 다시 줄리우스의 목소리.

"모르겠어요, 털 색깔이 노란색과 검은색이에요. 종이 뭔지는 분명하지 않아요."

"개를 갖고 싶다고 나한테 말하지 그랬어요. 내가 훌륭한 사육장들을 아는데."

그가 나무라는 어조로 말했다. 나는 짜증이 나기 시작했다.

"그렇게 됐어요. 줄리우스, 미안한데 개가 저를 불러요. 그러니 내일 봐요." 내가 말했다.

그가 "알았어요"라고 말한 뒤 전화를 끊었다. 나는 안도의 한숨을 내쉰 다음 욕실로 달려가 개를 위한 옷차림으로 스웨터와 바지를 입었다. 그런 다음 남자를 위해서는 화장을 고쳤다. 전축에 음반을 얹고, 창문을 열고, 책상에 접시

세 개를 올려놓고는, 삶에 무척이나 만족해서 콧노래를 흥얼거렸다. 나는 자유로웠고, 강아지 그리고 우리의 저녁 식사에 신경 쓰는 매력적인 남자가 생겼다. 내 마음에 들고 나이도 나와 비슷한 미지의 남자와 밤 시간을 보내는 것은 오랜만, 정말로 오랜만이었다. 앨런을 알게 된 이후 내가 경험한 남자들과의 몇 번 안 되는 사건들은 나소에서 피아니스트와 있었던 일과 비슷했다. 그렇다, 내가 누군가를 만나고 그 만남이 내 가슴을 뛰게 한 것은 5년 만에 처음이었다.

밤 10시. 개는 잠이 들었고, 루이가 마침내 자신에 관해 나에게 조금 이야기했다.

"내가 당신에게 꽤 난폭하게 보였을 겁니다. 그 바에서 우리가 처음 만났을 때 말이에요. 사실 당신이 단번에 마음에 들었어요. 그런데 당신이 바로 조제라는 걸 알게 됐을 때, 그러니까 디디에가 나에게 이야기해준, 그리고 내가 견딜 수 없어 하는 그 계층에 속하는 젊은 여자라는 걸 알았을 때, 난 너무나 실망하고 화가 났지요. 그래서 기분 나쁘게 굴었던 겁니다." 그가 말했다.

그가 말을 그치고 돌연 내 쪽을 돌아보았다.

"사실 당신이 그 바에 들어왔을 때, 그리고 내가 당신에게 신문을 내밀었을 때, 난 당신이 언젠가 내 사람이 될 거라 생각했어요. 그런데 3분 뒤 당신이 줄리우스 A. 크람의 여자라는 걸 알게 됐고 질투와 실망감에 미쳐버린 거죠."

"진도가 빠르네요." 내가 말했다.

"네, 난 항상 빨랐습니다, 지나치게 빨랐죠. 부모님이 큰 가구 회사를 우리에게 남기고 돌아가셨을 때, 나는 그걸 운영하는 일을 형 디디에게 맡기기로 결정했죠. 영업적인 면에서나 홍보적인 면 모두에서요. 그런 다음 나는 수의학을 공부하고 솔로뉴로 갔습니다. 거기서 잘 살고 있습니다. 디디에는 파리를 꽤 좋아해요. 갤러리들, 전시회 그리고 내가 참을 수 없어 하는 모든 사람들을요."

"그 사람들의 어떤 점이 싫은데요?"

"콕 집어 말할 것은 없습니다. 그냥 그 사람들은 생기가 없어요. 재산과 지위에 의해서만 살아가지요. 난 그 사람들이 위험하다고 생각해요. 그 사람들과 교류하는 건 갑갑하고 우울해요."

"그 사람들에게 의존할 때만 갑갑하죠." 내가 말했다.

"우린 함께 사는 사람들에게 항상 의존합니다. 그렇기 때문에 당신이 줄리우스 A. 크람과 함께 산다는 걸 알고 내가 분개한 거예요. 그 사람은 차가우면서도 광포한 사람이거든요……."

내가 그의 말을 잘랐다.

"그런데 첫째, 난 줄리우스 A. 크람과 함께 살지 않아요."

"지금은 그렇게 생각합니다." 그가 대답했다.

"그리고 둘째, 그 사람은 항상 나를 나무랄 데 없게 대해 줬어요. 굉장히 친절하고 사심이 없었죠." 내가 덧붙였다.

"내가 정말로 당신을 열두 살 소녀 같다고 생각하게 되겠네요. 무엇이 당신을 위협하는지 내가 어떻게 이해시킬 수 있을까요. 하지만 결국 할 수 있겠죠." 그가 말했다.

그가 한 손을 내밀더니, 나를 자기 쪽으로 끌어당겼다. 심장이 마구 쿵쾅거렸다. 그는 나를 끌어안고 한쪽 뺨을 내 이마에 대고는 한동안 꼼짝 않고 있었다. 그가 몸을 떠는 것이 느껴졌다. 이윽고 그가 나에게 키스를 했다. 욕망의 나팔 수천 개가 소리를 내고, 피를 고동치게 하는 수천 개의 북소리가 우리의 혈관 속에 울려퍼졌다. 그리고 쾌락의 바이올린 수천 개가 우리를 위해 왈츠를 연주하기 시작했다. 좀 더 시간이 흘러 밤이 되자 서로를 끌어안고 누워 열정적인 말들을 속삭이고, 20년 전에 서로를 알지 못한 것을 한탄하고, 우리가 어떻게 지금까지 살아올 수 있었는지 궁금해했다. 개는 테이블 밑에서 줄곧 잠들어 있었다. 우리 자신이 다시 무구해진 만큼이나 순진무구하게.

14장

   나는 그를 사랑했다. 이유는 알지 못했다. 왜 그인지, 왜 그토록 빠르게 그토록 맹렬하게 사랑하는지. 하지만 나는 그를 사랑했다. 내 인생이 꽉 찬 둥근 사과와 같아지기에는, 그리고 그가 가버릴 경우 그 사과의 잘라낸 절반만 느껴지기에는 하룻밤으로 충분했다. 나는 그에게서 오는 모든 것에 취약했다. 그 외의 다른 것에는 전혀 그렇지 않았다. 나는 사랑의 왕국 안에서 고독의 타격에 균형을 잃고 쓰러졌다. 그리고 내가 예전과 같은 얼굴, 같은 이름, 같은 나이인 것이 이상하다고 생각했다. 전에도 나는 내가 객관적으로 어떤 사람인지 잘 알지는 못했다. 하지만 이제는 그걸 전혀 알지 못하게 되었다. 그저 내가 루이에게 반했다는 것만 알았고, 사람들이 나를 보고 소스라치지 않고 첫눈에 그걸 알아차리지 못한다는 사실에 놀랐다. 나는 따뜻하고 활기 넘치고 오만한 존재 ─ 나 자신 ─ 에 다시 익숙해졌고, 발길에 방향이 생겼으며, 하는 말에 의미가 생겼다. 숨결에는 존재의 이유가 생겼다. 그를 생각할 때면 ─ 그러니까 언제나 ─ 그와 사랑을 나누고 싶었다. 내 육체가 그의 마음에 드는 이상, 나는 그런 기다림 속에서 양분을 얻고 육체의 갈증을 풀었다. 그가 19일 화요일에 떠났고 23일 토요일에 다시 돌아올 것이므로, 날짜들이, 요일들이 다시 이름을, 숫자를 얻었다. 날씨가 화창한 것도 중요했다. 날씨가 좋으면 길이 질척이지 않아서 그의 자동차가 미끄러질 위험이 없기 때문이다. 솔로뉴에서 파리로 오는 우회로들이 한가한 것이 중요한 것처럼. 내 주위 곳곳에 전화기가 있는 것이, 그리고 그 전화기들에서 그의 침착하고 까다롭고 혹은 불안한 목소리가 나오는 것이, 그의 행복하거나 향수 어린 목소리, 간단히 말해 그의 목소리가 나오는 것이 중요한 것처럼. 그 외의 모든 것은 중요하지 않았다. 나처럼 고아인, 하지만 그 사실을 분명 더 잘 받아들이는 듯한 개 말고는.

줄리우스 A. 크람은 개 앞에서 계속 당혹스러워했다.

"이 녀석의 출신을 알아낼 필요가 있어요. 사설탐정을 고용해 오랫동안 조사해서 말입니다." 그가 말했다.

그럼에도 불구하고 개가 호감의 표시로 그의 체비엇 모직 바지 밑단을 물어뜯어 놓았을 때, 그는 감동을 받은 것 같았다. 그리고 우리가 디디에 및 몇몇 단역 배우들과 함께 조용한 레스토랑으로 저녁 식사를 하러 갈 때 개도 초대하기로 했다. 적어도 줄리우스는 그 녀석을 믿었다. 나 자신이 그러기로 굳게 결심했으니 말이다. 나는 줄리우스가 상냥하다고 생각했다. 단역 배우들은 신비로웠고, 음식도 훌륭했다. 디디에로 말하자면 루이의 형이었다. 그것으로 충분했다. 다만 루이가 자정에 전화하기로 했기 때문에 나는 11시 반에 돌아가야 했다. 내가 '그의 자리'라고 명명한 내 침대에 눕고 싶었고, 어둠 속에서 그가 원하는 만큼 늦게까지 그와 이야기하고 싶었다.

"당신 동생이 이상한 생각을 했어요." 줄리우스가 개를 가리키며 디디에에게 말했다. "조제와 그가 서로 아는 줄은 몰랐습니다."

"한 달 전에 다 같이 한잔했습니다." 디디에가 설명했다.

디디에는 불편해하는 기색이었다.

"그때 곧바로 이 개를 데리고 오겠다고 약속한 겁니까?"

줄리우스가 나를 보며 빙긋이 웃었고, 나도 그의 미소에 답했다.

내가 말했다. "아뇨. 실은 요전날 길에서 우연히 그 사람과 마주쳤어요, 꽃집에서요. 그 꽃집에 주인은 없고 개가 한마리 있었죠. 그래서 제가 그 꽃집 개와 이야기를 하는데, 루이가 저에게 장미 한 송이를 가져가면 된다고 말했어요. 그리고 개는……."

"그렇다면 그 꽃집 개인가요?" 줄리우스가 물었다.

"아뇨, 물론 그건 아니에요." 내가 짜증이 나서 대꾸했다.

두 남자가 당황해서 나를 바라보았다. 언뜻 보기에 이 이야기는 꽤나 복잡했을 것이다. 하지만 나에게는 그렇지 않았다. 나에게는 명증성이 넘치는 이야기였다. 나는 루이를 만났고, 그가 나에게 개 한 마리를 주었다. 그리고 나는 그를 사랑했다. 나머지는 모두 허구였다. 나에게는 밤색 눈에 갈색 머리의 남자 그리고 검은색과 노란색 털에 검은 눈을 가진 개가 있었다. 나는 어깨를 으쓱했고, 두 남자는 겉으로 보기에 이 문제를 풀기를 포기한 것 같았다.

"당신 동생 루이는 여전히 시골에 사나요?" 줄리우스가 디디에에게 물었다. 그런 다음 나를 돌아보며 말했다. "나는 그를 조금 알죠. 선량한 청년입니다. 하지만 직업을 그만두고 살던 도시를 떠난 건 엉뚱한 생각이었습니다……. 그의 여자친구 바르바라는 어떻게 됐나요?"

"그 두 사람은 이제 만나지 않는 걸로 알고 있습니다." 디디에가 말했다.

"바르바라 크리프트. 영화 제작자 크리프트의 딸이죠. 루이 달레에게 푹 빠져서 시골로 그를 따라가려고 했어요. 나는 그녀가 수의사와 함께하는 전원생활에 얼마 안 가 질렸을 거라고 생각합니다." 줄리우스가 나에게 설명했다.

나는 측은한 마음에 빙긋이 웃었다. 하지만 그가 상상하는 측은함은 아니었다. 내 생각에, 그 바르바라라는 여자가 루이와 헤어진 건 미친 짓이었고 지금은 죽도록 따분해하고 있을 터였다, 도시에서든 아니든.

"루이가 그녀를 버린 겁니다." 디디에가 동생에 대한 허영심으로 명확히 말했다.

"당연하지요, 당연합니다. 여자들이 당신 동생에게 열광한다는 건 파리 전체가 알아요." 줄리우스가 말했다.

줄리우스는 회의적인 웃음을 조금 짓고는, 재미있는 호의를 담아 나를 골똘히 쳐다보았다.

"당신은 그러지 않기를 바랍니다, 친애하는 조제. 하기야, 그러지 않을 거예요. 당신은 시골에서 잘 지내지 못할 테니까."

"저는 시골에서 살아본 적이 없어요. 도시와 해변만 알 뿐이죠." 내가 말했다.

이 말을 한 뒤, 나는 수 헥타르의 땅, 숲, 풀과 수확물이 내 앞에 펼쳐진 모습을 그려보았다. 우리가, 루이와 내가 두 줄로 늘어선 나무들 사이를 걷고, 낙엽을 태워서 나는 연기가 바람 때문에 우리의 얼굴 쪽으로 향하는 모습도 보였다. 내가 무의식 속에서 줄곧 시골을 꿈꾸어온 것 같았다.

"그렇겠지요. 이제는 시골을 알게 될 겁니다." 줄리우스가 말했다.

나는 깜짝 놀랐다.

"우리가 다 함께 아프르낭 부부 집에서 주말을 보내기로 한 것 잊지 않았겠지요? 디디에 당신도?" 줄리우스가 말했다.

주말이라…… 미쳤다. 나는 아프르낭 부부의 초대를 까맣게 잊고 있었다. 그 부부는 꽤나 상냥한 사람들로 이렌 드부의 절친한 친구인데, 무척이나 얌전하고 사교성이 없는 탓에 파리에서 먼 곳으로 이주해 살고 있었으며, 그 고독한 삶의 매력을 자랑하기 위해 1년에 백번 정도 수도 파리에 왔다. 그들은 오로지 주말을 위해 살고 있었다. 그런데 토요일에 루이가 파리에 오고, 우리는 내 집에서 함께 이틀을 보낼 예정이었다. 그 토요일이 나에게는 너무나 가깝고도 멀게 느껴져서, 나는 혼자 춤을 추고 동시에 한탄도 하고 싶었다. 루이의 어깨가 무척 넓고 팔뚝에 독특한 흉터 - 치료 중 당나귀에게 물려서 생긴 흉터였고, 그것 때문에 우리는 10분 동안 웃었다 - 가 있다는 걸 나는 알고 있었다. 그가 면도

하다가 얼굴을 자주 베이고 신발을 맨 나중에 신는다는 것도 알고 있었다. 그것이 내가 그에 대해 아는 거의 전부였다. 내가 그를 사랑한다는 사실은 제외하고. 앞으로 내가 발견해야 할 많은 것들을 생각했다. 그리고 그의 육체와 그의 과거 그리고 그의 성격에 관해서도. 나는 그것들에 대해 일종의 호기심, 갈망 그리고 엄청난 애정을 느꼈다.

기다리면서 이번 주말을 위한 핑곗거리를 찾아내야 했다. 물론 이렇게 말하는 게 가장 간단할 것이다. '이런, 이번 주말 이틀은 루이 달레와 함께 보낼 거예요. 그러고 싶어요.' 다만 그렇게 말할 수가 없었다. 한 번 더 죄책감이 느껴졌고 후회가 되었다. 일사병으로 쓰러진 후 줄리우스는 자신이 느끼는 감정들을 나에게 말했고 내 대답을 원하지 않았다. 그러니 그에게 진실을 말하는 것이 정상적이고 예의 바른 일이었다. 객관적으로 볼 때, 그렇다, 명백함이라는 밝고 평화로운 칸막이 벽 뒤에 비밀스러운 진실의 악마 같은 그림자들이 감춰져 있었다. '객관적으로' '명백한 상황' '자립' '우정' 따위의 단어들이 얼마나 부질없는지를 나는 신경질적으로 느끼며 한 번 더 깨달았다. 특히 줄리우스에게 고백하는 것 – 나는 이미 고백을 염두에 두고 있었다 – 이 그에게 분노, 쓰라림, 나를 겁먹게 하는 복수심을 촉발하는 일로 여겨졌다. 그 남자를 둘러싼 일종의 검은 후광, 그가 지닌 위력과 과민한 분위기, 이 모든 것이 내가 그를 두려워하게 만들지는 않았다. 그가 나에게 맞서 무슨 일을 할 수 있겠는가? 나는 일자리가 있고, 결코 그에게 의존하지 않는다. 나는 그에게 상처 주는 것 말고는 아무런 위험도 감수하지 않는다. 그리고 그 최종적인 감정이 나를 불편하게 할 만큼 강렬하다면, 그는 내가 아무 말도 하지 못할 만큼, 절반의 거짓말을 할 만큼 강렬한 감정을, 내가 사흘 전부터 기계적으로 관찰해온 그런 감정을 느끼지 말았어야 한다. 내 인생이 햇살 가득한 열정의 고속도로 같은 것이 되어갈수록, 나는 거기에 일말의 그림자라도 드리우는 것을 견딜 수가 없었다.

자정이 되고 루이의 목소리를 듣게 되자, 이런 의문들이 모두 자취를 감추었다. 그는 의심하는 듯하면서도 의기양양한 어조로 나에게 자기를 사랑하냐고 물었다. 그가 "당신 나를 사랑해요?"라고 물었고, 그것은 '당신이 나를 사랑한다는 건 말이 안 돼요, 당신이 날 사랑한다는 건 물론 알고 있어요. 그런데 왜 날 사랑하죠? 그래요, 당신이 어떻게 나를 사랑하지 않을 수 있겠어요? 나도 당신을 사랑해요'라는 뜻이었다……. 나는 그에게 어디냐고 묻고 싶었다, 그가 나에게 그의 방에 대해 묘사해줬으면 했다. 그의 방 창문에서 뭐가 보이는지, 하루 종일 무엇을 했는지. 하지만 나는 묻지 못했다. 나중에, 그의 존재가 좀 더 온화하고 덜 날카로운 다른 무게를, 기억의 무게를 얻게 되었을 때 물어볼 것이다. 아직 그는 나에게 하룻밤의 남자였다. 나는 햇빛 아래에서보다는 어둠 속에서 그의 모습을 훨씬 더 많이 보았고, 나에게 그는 불타는 육체, 누워 있는 옆모습, 새벽의 실루엣이었다. 나에게 그는 열기, 세 개의 시선, 한 개의 무게, 네 개의 문장이었다. 무엇보다 그는 나의 연인이었다. 하지만 나는 그의 스웨터 색도, 그의 자동차 색도 떠올리지 못했다. 그가 어떤 식으로 운전을 하는지, 어떤 식으로 재떨이에 담배를 비벼 끄는지도 기억하지 못했다. 우리가 잠을 자지 않았기 때문에, 그의 잠든 모습이 어떤지도 알지 못했다. 반대로 나는 쾌락 속에서 그의 얼굴을 보고 그의 목소리를 들었다. 그리고 역시 그 영역에서, 쾌락이라는 거대한 영역에서, 나는 우리가 함께할 수많은 발견들이 있다는 걸 알고 있었다. 수천 헥타르의 들판을 뛰어다니고, 서로에게 몸을 대고 눕고, 수천 개의 초원을 뒹굴고, 우리 때문에 붙은 수천 개의 불을 끄고. 우리가, 그와 내가 만족하지 못하리라는 걸 나는 알고 있었다. 그리고 시간이 가혹하다 할지라도, 나는 그 이중의 굶주림이 완화되는 때를 상상할 수 있었다. 그가 토요일이라고 말했고, 나는 토요일이라고 되뇌었다. 두 명의 난파자가 '육지'라고 말하는 것처럼, 혹은 영벌을 받은 두 사람이 경탄해서 지옥이라는 단어를 입에 올리는 것처럼. 그리고 그는 토요일 정오에 도착해서 월요일 아침에 다시 떠났고, 그것은 천국과 지옥이었다. 우리는 개 때문에 각자 두세 번 길거리로 내려갔고, 그때가 우리가 해를 본 유일한 순간이었다. 나는 그가 베토벤보다 모차르트를 더 좋아한다는 것을, 그가 자전거 사고를 여러 번 당했다는 것을, 그리고 엎드려서 잔다는 것을 알게 되었다. 그가 익살스러우며 때로는 침울하다는 것을 알게 되었다. 그가 다정하다는 것도 알게 되었다. 그 이틀 동안 전화벨이 끈질기게 열 번이나 울렸고, 나는 벨이 울리도록 그냥 내버려두었다. 그와 헤어질 때, 나는 그에게 안겨 피로와 행복감에 몸을 조금 떨었고, 천천히 운전하라고 간청했다.

"그러겠다고 약속할게요. 이제 내가 죽을 수 없다는 걸 당신도 잘 알잖아요." 그가 말했다.

그가 나를 꼭 끌어안았다.

"조만간." 그가 덧붙였다. "큰 자동차를 구입할 거예요. 느리고 트럭처럼 튼튼한 놈으로요. 이를테면 구형 다임러 같은. 당신 집 아래에서 며칠 밤을 보내야 할 테니까."

15장

언제나 그랬듯, 나는 용감하게 금요일에 줄리우스의 사무실로 매우 간단한 전보 한 통을 보냈다. 내용은 이랬다. '주말에 못 감. 설명은 추후에 하겠음. 몹시 미안함.' 이제 그 설명을 찾아내는 것이 문제였다. 이 전보를 보낼 때 내 머릿속에는 아무 생각도 없었다. 루이의 도착이 임박해 있었고, 행복감이 내게서 상상력을 모두 앗아갔다. 이제 그 행복이 확인되고 배가되었으며, 나는 머릿속이 더욱 하얘지는 것을 느꼈다. 앨런의 집 창문 아래에 오랫동안 주차되어 있던 것처럼 나를 감시하기 위해 내 스튜디오 건물 아래 주차된 다임러─줄리우스의 자동차─의 존재가 나를 불편하게 하진 않았다. 운전기사는(그가 항상 자리를 지키고 있었다면) 내가 털이 노란색과 검은색인 개를 산책시키는 것을, 그리고 똑같은 개를 웬 미지의 남자가 산책시키는 것을 보았다고 보고하리라. 그래서 나는 옛친구들을 만나기 위해 파리를 떠나야 했다고 줄리우스에게 말하기로 결심했다. 어쩌면 그는 내 말을 믿을 것이고, 어쩌면 내가 거짓말을 한다는 걸 알아차릴 것이다. 그리고 그 순간 그는 자신이 비밀스럽게 간직하고 있던 반대 심문에 자유롭게 몰두할 것이다. 그것은 어떤 장면으로 혹은 비난들로 끝날 것이다. 간단히 말하면 모든 사람을 안도하게 할 설명으로. 물론 내가 안도할 첫 번째 사람일 테고. 나는 그렇게, 진실을 그대로 말하기보다는 내 속을 그에게 털어놓지 않고 거짓말을 납득하게 하고 싶었다. 출발할 준비가 되었을 때 전화벨이 울렸다. 뉴욕에서 온 전화였다. 전화기 너머에서 시어머니의 목소리가 곧바로 들려왔다. 콧소리가 나면서도 강압적인 목소리였다. 앨런이 또 무슨 일을 꾸민 건지 잠시 궁금했다.

"조제, 이혼 문제에 대해 이야기하려고 전화했다. 물론 앨런은 너를 위해 최선을 다할 작정이다. 나 역시 그렇고. 하지만 네 변호사가 말을 안 듣는구나. 혹시 너 이혼하고 싶은 마음이 없어졌니?"

"아뇨, 이혼하고 싶어요. 왜 그런 말을 하세요?" 내가 어리둥절해져서 말했다.

"A. 크람 씨의 변호사인 뒤퐁 코르메유라는 사람이 모든 것에 동의했다. 부양수당까지 포함해서 말이야. 하지만 필요한 서류들을 우리에게 보내지 않고 있어. 조제, 너는 돈이 필요한 줄 알았는데! 하긴, 네가 필요하지 않다 해도 돈은 언제나 좋은 것이지." 그녀가 급히 덧붙였다.

"저는 정말 아무것도 모르고 있었어요. 제가 알아볼게요." 내가 말했다.

"난 너를 믿는다. 그리고 네가 우리만큼 페어플레이를 하지 않는 사람들과 해결해야 할 일이 있다면 변호사를 바꾸도록 해. 우리가 너에게 돈을 좀 주기로 한 것을 유별난 일로 생각하는 것 같더구나. 한 달에 1,000달러면 거창할 게 전혀 없는데 말이다."

나는 거창하다고 생각했다. 희미한 목소리로 고마움을 표하고, 모든 일에 신경을 쓰겠다고 약속했다. 그런 다음 논리적으로 생각할 때 피도 눈물도 없는 사람일 것 같은 줄리우스의 변호사가 역시 피도 눈물도 없는 내 시어머니 앞에서 순한 양처럼 굴었다는 사실에 놀라고 당황한 채 전화를 끊었다. 그러고 나서 잊어버렸다.

택시 한 대가 우리를, 나와 개를 태워주었다. 기분이 좋았다. 버스와 지하철은 우리를 태워주지 않았기 때문이다. 이해심 많은 운전기사가 태워주거나 걸어서 가는 것 말고는 개를 데리고 잡지사에 갈 방법이 없었다. 오늘 아침은 걸어서 가기에는 기운이 없었다. 땅딸막하고 거추장스러운 개에게 목줄을 채워 걷게 해야 했다는 생각이 들었다. 그리고 눈에 보이지 않는 또 다른 목줄을 루이 그리고 그 이틀에 대한 기억에, 나의 훌륭한 잡종견과는 다른 방식으로 거추장스럽고 말을 안 듣는 몰로스 개에게 채워야 했다. 뒤크뢰가 나를 기다리고 있었다. 아니, 그의 비서가 통로에서 나를 붙잡고는 대표 사무실로 들여보냈다. 뒤크뢰는 잿빛의 남자였다. 옷도, 눈도, 그리고 머리카락도 모두 잿빛인. 하지만 그날은 기분 좋고 흥분한 기색이었고, 그래서 나도 기분이 좋았다. 그는 내성적이고 정중한 남자였으며 지난 8년 동안 겨우겨우 이끌어온 이 잡지사 일에 열정을 갖고 있었다. 또한 그가 잡지사를 운영하는 데 재정 문제로 고민이 많다는 걸 나는 알고 있었다.

"오, 조제, 당신과 나눌 멋진 소식이 있습니다. 당신을 위한 소식이기도 해요. 그러니까 32페이지가 아니라 64페이지짜리 잡지로 증간增刊하는 문제입니다. 우리 잡지를 증간하고 규모를 더 늘릴까 해요. 제한된 독자층을 위한 잡지가 아닌 일반 잡지로 만들어보려고 합니다." 그가 말했다.

"멋진 생각이에요." 내가 진심을 담아 말했다. 나는 이 잡지가 좋았고, 뒤크뢰의 진지한 태도와 자유로움도 좋았기 때문이다. 또한 내가 조금씩 이 잡지사의 일원으로 받아들여지고 있다고 느끼기 때문이기도 했다.

"그래서 말인데." 뒤크뢰가 이어서 말했다. "당신에게 지금보다 더 중요하고 책임도 많은 자리를 제안하려 합니다. 한편으로는 내가 당신을 높이 평가하기 때문이고, 다른 한편으로는 당신 덕분에 내가 마침내 이 잡지사를 내가 원하던 모습으로 만들 수 있게 됐기 때문이에요."

"무슨 말씀이신지 전혀 모르겠어요." 내가 말했다.

그는 약간 의심하는 표정으로 잠시 나를 바라보다가 빙긋이 웃었다.

"확실한 사실이에요. 당신의 훌륭한 친구 줄리우스 A. 크람이 우리에게 투자하겠다고 제안했으니, 당신은 두 배로 기뻐해도 됩니다." 그가 말했다.

나는 당황해서 가만히 있다가 자리에서 벌떡 일어나 뒤크뢰에게 달려들어 그의 이마에 입을 맞췄다. 그러고는 곧바로 사과했지만, 뒤크뢰는 기분이 좋은 덕분인지 웃어넘겼다.

"너무 잘됐어요. 저도 기뻐요. 당신에게, 다른 사람들에게 그리고 저에게도 참 잘된 일이에요. 얼마나 기쁜지 몰라요! 줄리우스는 정말 굉장한 사람이에요." 내가 무의식적으로 덧붙였다. "행복은 절대 혼자 오지 않는다더니."

뒤크뢰가 묻는 듯한 눈길을 나에게 던졌지만, 나는 손짓을 해 모든 설명을 피했다.

"그런데 그걸 언제 아셨어요?"

"오늘 아침에요. 물론 줄리우스 A. 크람은 이미 만나봤어요." 그가 자기 또한 '물론'이라는 말에 대한 모든 설명을 피하겠다는 손짓을 했다.

"그 사람이 오늘 아침에 나에게 전화해서는, 자기는 우리같은 진지한 잡지사에 이해관계를 가지는 것을 매우 흥미롭고 의미 있는 일로 생각한다고 말했어요. 또 이건 꼭 말해야겠는데, 그 사람은 굉장히 세련된 태도로 당신이 잡지사 일에 좀 더 면밀하게 협력할 수 있는 가능성이 보이냐고 나에게 물었어요. 그가 이 질문에 조금이라도 강압적인 뉘앙스를 풍겼다면, 아니, 당신이 지금 하고 있는 일을 정말로 좋아한다는 걸 내가 몰랐다면, 나는 그 사람의 제안을 거절했을 겁니다. 하지만 다행히도 그럴 일은 없었죠. 친애하는 조제, 난 당신과 막스에게 회화와 조각 분야를 통째로 맡기려고 해요. 당신이 본격적으로 그 일에 열중할 거라고 확신합니다. 봉급도 더 오를 거라는 건 말할 것도 없고요."

"정말 기쁘네요." 내가 대답했다.

실제로 내 마음이 그랬다. 그것이 아침의 다임러가 제대로 일하지 못했음을 증명해주었다. 줄리우스가 나를 저널리스트로서, 즉 독립적인 여성으로서 신뢰하기 시작했음을 증명해주었다. 또한 비타협적인 사람인 뒤크뢰가 내가 하는 일을 높이 평가하고 있음을 증명해주었다. 심장이 다시 두근거렸고, 머리도 잘 돌아가기 시작했다.

"그러니까 반대 의사는 없는 거죠?" 뒤크뢰가 물었다.

나는 눈썹을 치켜올렸다.

"왜 그런 질문을 하세요?"

"난 그걸 확실히 해두고 싶어요. 또한 나와 상관없는 어떤 이유로 당신이 그 직책을 거절하고 싶어진다 해도 우리의 관계는 달라지지 않을 거라는 걸 당신에게 꼭 말하고 싶습니다." 뒤크뢰가 말했다.

나는 그가 한 말의 의미를 전혀 이해하지 못했다. 그는 내가 줄리우스와 내밀한 관계를 맺고 있다고 믿는 가련한 미치광이 플레이아드[17], 눈먼 플레이아드 – 루이의 존재를 알지 못하는 귀머거리에 벙어리 – 의 일원 같았다.

"그런 문제는 전혀 없어요. 그보다는 우리 샴페인이라도 마셔야겠네요." 나는 공감이 가져다주는 미덕이 어린 표정으로 말했다.

---

17 16세기 후반에 활동한 롱사르를 비롯한 프랑스의 일곱 명의 시인.

그리고 10분 뒤 여덟 명의 지성인 ─ 나도 그중에 속했다 ─, 비서 두 명과 개 한 마리가 근처의 카페로 몰려가 앞으로 규모가 커질 잡지를 위해 건배하며 샴페인 세 병을 마셨다. 뒤크뢰는 그 경이로운 투자자에 관한 질문들의 홍수에 미소를 짓고는 자기 친구라고만 말했다. 그리고 때때로 나에게 뭔가 묻는 듯한 눈길을 보냈다. 그 눈길은 나의 확연한 기쁨과 샴페인의 도움을 받아 얼마 안 가 우정 어리고 따뜻한 눈길로 바뀌었다. 나는 디디에에게 전화를 걸어, 만사 제쳐놓고 나에게 와서 샤르팡티에에서 같이 점심을 먹자고 말했다.

"세상에. 세상에, 이런! 이렇게 기쁠 수가!" 디디에가 말했다.

내가 방금 그에게 루이에 대한 나의 사랑, 나에 대한 루이의 사랑을 알린 참이었다. 그는 어리둥절하면서도 기분이 좋은 듯했다.

"루이는 우리가 함께 당신에게 알리기를 원했어요. 하지만 그에 대해 아무에게도 이야기하지 않고 일주일을 보낸다는 게 나에겐 너무 길게 느껴졌고, 그래서 결국 루이가 당신에게 말해도 된다고 허락해준 거예요." 내가 말했다.

"처음에 나는 생각했지요. 루이가 당신에게 지나치게 난

폭하게 군다고 말입니다. 그리고 당신도……." 디디에가 말했다.

"루이는 내가 줄리우스의 정부라고 믿었어요. 그게 그 사람 마음에 안 들었고요." 내가 쾌활하게 말했다.

"내가 그건 사실이 아니라고 루이에게 분명히 말했습니다. 하지만 루이는 나를 바보 취급하더군요. 믿기가, 아니, 믿지 않기가 힘들었던가봐요. 그런데 줄리우스는요, 그 사람도 압니까?" 디디에가 물었다.

"아뇨, 아직 몰라요. 조만간 그 사람한테도 말할 거예요."

"아프르낭 부부 집에서 그 사람 기분이 별로 좋지 않아 보이더군요. 심지어 화가 난 것처럼 보였어요." 디디에가 말했다.

"아, 그건 전혀 아니에요. 그 사람은 화가 나지 않았어요. 심지어 오늘 아침에는 우리 대표님인 뒤크뢰 씨에게 전화해서 잡지사에 투자하겠다고 제안하기까지 한걸요. 돈을 잃는 것이 갑자기 재미있게 느껴지나봐요. 굉장하다고 생각하지 않아요? 고마운 줄리우스……." 내가 말했다.

나는 무척 감격스러웠다.

"고마운 줄리우스. 줄리우스 A. 크람이 적자에 시달리는 회사에 관심을 가지는 건 정말 처음인 것 같네요." 디디에가 꿈꾸듯 되뇌었다.

갑자기 디디에가 침울해지더니, 생각에 잠긴 표정으로 자기 접시에 담긴 감자를 짓이겼다.

"혹시 이런 생각 들지 않아요? 줄리우스가 그런 방법으로 당신을 붙잡아두려는 것일 수도 있다는." 그가 말했다.

"아니에요. 줄리우스는 그렇게 시시한 사람이 아니에요. 아무튼 뒤크뢰 씨가 그건 그에게 고려의 대상이 아니고 그는 내가 하는 일을 높이 평가한다고 단언했어요. 친애하는 디디에, 당신 이해해요? 나는 루이를 사랑하고 직업도 있어요."

디디에가 눈을 들어 나를 뚫어져라 바라보더니, 갑자기 대범한 몸짓을 하고는, 자기 잔을 들어 내 잔에 부딪쳤다.

"조제, 당신을 위해 건배. 당신의 사랑을 위해, 당신의 일을 위해 건배." 그가 말했다.

이윽고 우리는 우리 대화의 주된 화제로, 즉 루이에 관한 화제로 돌아갔다. 나는 루이가 모범적이고 이해심 많은 동생임을 알게 되었다. 민감하고 다정한 지원군이자 속내를 털어놓기에 완벽한 상대. 나는 그가, 디디에에 의하면 항상 그의 발밑에도 못 미치는 여자들만 만나왔음을 알게 되었다. 내가 이미 알고 있는 것을 알게 되었다. 확실히 우리는 서로를 위해 만들어진 존재라는 것도.

"하지만 당신 앞으로 어떻게 할 건데요. 파리에서 일하고 시골에서 살려고요?" 디디에가 물었다.

"생각해봐야죠. 늘 그랬듯이 우린 타협안을 찾아낼 거예요." 내가 대답했다.

"루이는 타협을 좋아하지 않아요. 그걸 알려줄게요."

나는 그걸 알고 있었고 그것이 나를 행복하게 했다.

"우린 찾아낼 거예요, 찾아낼 거라고요." 내가 쾌활하게 되뇌었다.

날씨가 그 어느 때보다 화창했다. 목덜미에 루이의 치아가 닿던 열기가 여전히 생생하게 느껴졌다. 공복에 마신 샴페인이 너무도 기분 좋게 내 정신을 흐릿하게 만들고 나를 너그럽게 만들었다. 나는 테이블 너머로 디디에의 손을 잡았다. 나는 행복의 절정에 있었다. 닷새 뒤인 금요일 저녁에 나는 기차를 탈 거고 솔로뉴에서 루이와 재회할 것이다. 나는 그의 집, 그의 생활, 그가 돌보는 동물들을 새롭게 발견할 것이다. 나는 모든 것으로부터 안전할 것이다.

바로 그날 저녁 우리는, 디디에와 나는 줄리우스와 함께 저녁 식사를 했다. 무척이나 즐거운 시간이었다. 줄리우스도 나만큼이나 자신의 주도적 제안이 기쁜 것 같았고, 나는 잡지사 일을 통해 그를 두 배의 억만장자로 만들어주겠다고 약속했다. 그는 오래전부터 주식 거래 말고 다른 일에 관심을 두고 싶었다고 우리에게 털어놓았다. 심지어 예술적 소양을 높일 수 있도록 자신을 도와달라고 부탁하기까지 했다. 즉 그는 매우 우아하게 후원자 역할에서 감사를 표하는 문외한 역할로 옮겨갔다. 그는 권태로웠고, 그림이 자신을 즐겁게 해준다고 말하는 것 같았다. 그는 우리와 사귀고 기분전환을 하는 동시에 교양을 쌓고 싶어했다. 그가 방심한 듯 나에게 주말을 어떻게 보냈는지 질문 한두 개를 했다. 나는 어쩔 도리가 없었다고만 대답했고, 몹시 놀랍게도 그는 더 이상 묻지 않았다. 디디에조차 그가 아마도 착각한 것 같다고 했다. 결국 줄리우스도 나중에 알게 될 테고 내 덕분에 그때껏 알지 못했던 형태의 무상성을 발견할 거라고.

그 주는 매우 빠르게 지나갔다. 루이가 나에게 전화했고, 나도 루이에게 전화했다. 잡지사에서는 앞으로의 계획에 대한 초안을 만들었다. 디디에는 도처로 나를 따라다녔다. 저녁이면 나는 줄리우스와 디디에에게 잡지사에서 있었던 일들을 들려주었다. 그 주 목요일에 우리는 뒤크뢰와 함께 넷이서 저녁 식사를 했다. 뒤크뢰는 줄리우스 A. 크람의 친절함, 차분함, 그리고 그에게 지적 자만심이 없다는 사실에 매료된 것 같았다. 나는 그날 저녁 줄리우스에게 다음 날 루이달레를 만나러 시골에 갈 거라고 말할 작정이었다. 그러나 식사 분위기가 즐겁고 다들 너무나 흥겨워해서, 나는 자동차 안에서 그런 까다로운 설명을 하고 싶지 않았다. 그냥 디디에와 함께 시골에 간다는 말만 했다. 디디에가 나와 동행할 테니, 어쨌든 그건 사실이었다. 그러자 줄리우스가 나에게 "그럼 월요일에 봐요, 이렌 드부와 함께 저녁 먹기로 한거 잊지 말고"라고 말했다. 신랄한 기색은 조금도 없었다. 그의 머리가 조금 벗어진 것이 보였다. 그는 그 저녁 약속을 나에게 일깨우며 좌석에서 내려 어둠 속으로 자취를 감추었다. 그 모습이, 같은 머리가 나에게 위안의 이미지였던 오를리 공항에서의 저녁을 연상시켰다. 그가 고독의 이미지 자체가 되어버렸음을 깨닫자 잠시 내 가슴이 조여왔다.

16장

 기차는 미친 듯이 휙휙 소리를 냈고, 박자를 맞추어 우리를 마구 흔들어댔다. 하지만 나는 기차가 앞으로 나아가는 느낌이 들지 않았고, 철도 회사 직원들이 속도에 대한 기만적인 인상을 주기 위해 양팔에 나무를 안은 채 고개를 숙이고 객차 양쪽에서 뛰어다니는 것 같았다. 우리는 여정을 바꾸어 그 급행열차를 탔고, 그때까지 낡은 시골 기차를 좋아했던 나는 나를 더 빠르게 내 안식처인 루이에게 데려가줄 그 잔인하고 치명적인 급행열차를 그리워하게 되었다. 디디에는 십자말풀이, 진-러미 게임, 정치시사 문제로 내 흥미를 끌어보려 하다가, 유령과 함께 여행한다고 체념해버렸는지 추리소설을 훑어보았다. 이따금 그는 조소하며 나를 바라보았고 〈장밋빛 인생〉을 콧노래로 흥얼거렸다. 저녁 7시였고, 그림자들이 길어지고 있었으며, 시골은 아름다웠다.

 우리 객차는 마침내 루이의 발치에 무릎을 꿇고 나를 그의 품에 던져주었다. 디디에가 짐과 개를 들고 내렸고, 우리는 푸조 컨버터블 자동차에 자리를 잡았다. 시동을 걸기 전 루이가 우리를 돌아보았고, 우리 셋은 미소를 지으며 서로를 뚫어져라 바라보았다. 나는 우리가 이 순간을 절대 잊지 못하리라는 걸 알았다. 석양빛 아래의 인적 없는 작은 기차역, 나를 향하고 있는 너무나 비슷하면서도 다른 두 얼굴, 시골 냄새, 기차가 시끄럽게 지나간 뒤의 고요함, 감미로운 단검처럼 나를 그 자리에서 꼼짝 못하게 하는 그 행복감. 잠시 후 모든 것이 멈췄다, 모든 것이 내 민감한 기억 속에 사진처럼 영원히 찍혔다. 이윽고 루이의 손이 운전대로 옮겨갔고 우리는 다시 삶을 살기 시작했다.

시골 도로, 마을, 흙길, 집이 거기에 있었다. 나지막한 정육면체 모양의 집이었다. 노란 햇살 때문에 창문들이 눈부시게 빛났고, 오래된 나무 한 그루가 집 앞에 잠들어 있고, 개 두 마리가 있었다. 내 개는 금새 유년기의 깊은 잠에서 깨어나 그 개들을 향해 돌진하며 짖어댔다. 내가 질겁했지만, 두 남자는 어깨를 으쓱하고는 문을 쾅 소리나게 열고 손에 가방을 든 채 시골 남자들의 활기차고도 평온한 몸짓으로 작은 층계를 올랐다. 응접실에는 큼직한 벨벳 소파와 피아노가 있었다. 유리잔과 신문이 여기저기 널려 있었고 커다란 벽난로도 있었다. 나는 첫눈에 그 벽난로가 마음에 들었다. 하지만 고딕 스타일의 의자들이나 추상적인 실내장식도 참 좋았다. 나는 창문 겸 문 쪽으로 걸어갔다. 그 문은 담이 둘린 정원 쪽으로 나 있었고 담 너머에는 개자리[18] 밭이 끝없이 펼쳐져 있었다.

"참 기분 좋은 곳이에요." 내가 뒤를 돌아보며 말했다.

루이가 나에게 다가와 내 어깨에 손을 얹었다.

"마음에 들어요?"

나는 그를 향해 눈을 들었다. 그때까지 나는 감히 그를 똑바로 바라보지 못하고 있었다. 그에게, 나 자신에게, 우리가 대면하자마자 우리 사이에서 일어나고 있는 모든 일과 손에 만져질 듯 보이는 모든 것에 겁을 먹은 것이다. 그의 손도 내 어깨 위에 겨우 놓여 있었다. 그는 주저하고 조심하는 태도로 거기에 손을 얹었다. 그의 얼굴이 조금 긴장되어 보였고, 얕게 쉬는 숨소리가 들렸다. 우리는 서로를 보지 않고 서로를 바라보았고, 나는 내 얼굴이 그의 얼굴만큼이나 가식이 없음을 느꼈다. 내 얼굴은 그의 얼굴처럼 1밀리미터도 움직이지 않으면서 '당신이이이군요' '당신이군요'라고 외치고 있었다. 사랑에 초췌해진 얼굴들, 눈길들이 교환되는 말 없는 맑은 바다, 그리고 다문 입술들의 심연이 함께하는 굳어

---

18 콩과의 여러해살이풀. 가축에게 먹이는 용도로 많이 재배한다.

버린 재들의 세계. 우리 관자놀이 정맥의 맥박은 엉뚱한 시대 착오였고, 우리가 존재하고 사랑하고 잠을 잔다고 믿었던, 하지만 우리가 아직 서로 알지 못했던 시간에 대한 고집스러운 기억이었다. 그리고 그에 앞서 나는 해가 뜨겁고 실크가 부드럽고 바닷물이 짜다고 믿었다. 나는 너무나 오랫동안 꿈을 꾸었고, 심지어 내가 늙어간다고 믿었다. 그런데 사실 나는 아직 태어나지도 않은 상태였다.

"나 배고파요, 배고파!" 디디에가 수 킬로미터 떨어진 곳에서 말했다. 그의 목소리는 우리에게까지 와 닿았고, 우리는 몽상에 잠겨 있었다. 나는 불현듯 루이의 피부가 이미 조금 그을려 있음을 알아차렸다. 눈 밑의 하얀 선이 그을린 피부와 뚜렷이 구분되었다.

"당신 햇볕 아래에서 책을 읽었군요." 내가 말했다.

그러자 그가 빙긋이 웃고는 고개를 끄덕였다. 내 어깨 위에 놓인 그의 손에 힘이 들어갔고, 그는 뒤로 한 걸음 물러섰다. 우리의 육체는 그때까지 움직임이 없었다. 서로에게서 1미터 떨어진 채로 매우 꼿꼿이 서 있었다. 우리의 육체는 욕망의 맹렬한 향지성向地性을 공유하며 멈춰 선 채 먹잇감으로부터 물러서 있었다. 완벽하게 곧추선 두 마리 사냥개처럼. 루이의 뒷걸음이 우리의 육체에서 긴장이 풀리게 했고,

우리는 자연스럽게 서로를 향해 미끄러졌다. 그런 다음 어깨를 나란히 하고 디디에에게 갔다. 디디에가 미소를 지으며 말했다.

"당황하게 만들긴 싫지만, 두 사람 약간 서투른 태도인걸. 즐거워 보이지도 않고. 뭔가 좀 마시면 좋겠는데…… 마치 내가 스페인 약혼자들의 샤프롱이라도 된 기분이야."

대낮의 서투름이 밤의 화합을 얼마나 잘 보여주는지, 겉으로 드러난 거리감이 비밀스러운 외설스러움을 얼마나 잘 폭로하는지 나는 알고 있었다. 루이의 육체임을, 내 육체임을 내가 알고 있는, 그리고 제삼자의 눈길 앞에서 서로를 너무도 잘 제어하는 그 맹렬한 육체들에 대해 자부심과 감사의 마음이 들었다. 그렇다, 우리의 사랑에는 경주를 선도하는 잘생긴 두 마리의 말이 있었다. 잘 놀라지만 충성스럽고, 바람과 어둠을 좋아하는 두 마리의 말. 나는 소파에 길게 누웠고, 루이는 위스키 한 병을 꺼냈고, 디디에는 전축에 슈베르트의 음반을 얹었다. 우리는 첫 잔을 매우 빠르게 비웠다. 나는 갈증이 나서 죽을 것 같았는데, 갑자기 피로가 몰려왔다. 어둠이 내렸다. 나는 10년 만에 그런 벽난로 앞에 앉아보았고, 전축에서 나오는 미지의 5중주곡을 외워서 부를 수도 있을 것 같았다. 인생의 이런 순간들을 위해 나는 수없이 괴로움을 겪고 영벌을 받았다.

300미터 떨어진 곳에 마을 레스토랑이 있었고, 우리는 걸어서 거기에 갔다. 돌아올 땐 사위가 깜깜했다. 하지만 우리 앞의 도로는 흐릿하고 하얗게 뚫려 있었다. 루이의 침실은 크고 휑했다. 그가 창문 두 개를 열어놓았고, 밤바람이 창문 하나에서 다른 하나로 불어 들어와 때때로 우리에게서 멈추었다. 우리는 주의 깊고 경쾌하게 몸을 식히고 말렸다. 더 무정한 다른 주인의 노예인 두 형제를 지키는 노예처럼 동정 어린 태도로.

다음다음 날, 그러니까 일요일에 근처의 암소 한 마리가 새끼를 낳게 되었다. 루이가 우리에게 따라와도 된다고 했고, 디디에는 나와 똑같이 망설였다

"어서요." 루이가 재촉했다. "당신들 두 사람은 이틀 전부터 시골의 매력에 끊임없이 경탄하고 있잖아요. 식물상植을 봤으니 이제 동물상을 보러 가야지요. 자, 출발."

우리는 15킬로미터를 전속력으로 달렸다. 나는 바양[19]의 아름다운 소설의 한 문단을 떠올려보려 했다. 강인하면서도

---

19 로제 바양(1907~1965), 프랑스의 소설가·수필가·시나리오 작가.

쉽게 상처받는 여주인공이 새끼 암소가 태어나는 걸 도와주는 장면. 내 인생이 인상주의나 바로크 미술에 관한 치밀한 토론과 자연의 매우 견고한 변덕들 사이에서 펼쳐진다면 나는 참고자료를 수집할 필요가 있었다.

축사는 컴컴했다. 여자 한 명, 남자 두 명 그리고 아이 한 명이 축사 한 칸에 둘러서 있었고, 그 칸 안에서 애처로운 울음소리가 새어 나왔다. 그리고 역겨우면서도 강렬한 낯선 냄새가 두엄 냄새와 섞여서 풍겼다. 나는 그것이 피 냄새임을 깨달았다. 루이가 윗옷을 벗고 옷소매를 걷어올렸다. 그런 다음 앞으로 나아가자 남자 두 명이 옆으로 물러섰다. 회색과 분홍색이 돌고 끈적끈적한 점액에 뒤덮인, 암소의 몸에 연결된 듯한 무언가가 보였다. 암소가 좀 더 큰 소리로 울었고, 그 무언가가 커지는 듯했다. 나는 송아지가 나오고 있다는 걸 알아차렸고, 속이 메슥거려서 재빨리 밖으로 달려 나갔다. 디디에가 도와준다는 핑계로 나를 따라 나왔다. 하지만 그는 몹시 떨고 있었다. 우리는 딱한 마음으로 서로를 바라보다가 웃음을 터뜨렸다. 드부 부인의 응접실에서 이 축사로의 이행에는 확실히 유연성이 부족했다. 암소가 다시 가슴 아픈 울음소리를 냈고, 디디에는 나에게 담배 한 개비를 내밀었다.

"정말 끔찍하군요. 내 가여운 동생이 이런 식으로 나를 부성이라는 개념과 화해시킬 생각이라면…… 난 그냥 여기서 기다리겠습니다." 그가 말했다.

잠시 후 우리는 송아지를 보러 가서 경탄했고, 루이는 피투성이가 된 양팔을 씻었다. 농장 주인이 우리에게 술 한 잔씩을 대접했고, 우리는 다시 자동차에 올랐다. 루이가 웃고 있었다.

"별로 대단한 시도는 아니었네." 그가 말했다.

"나한테는 대단했어. 난 그런 장면을 보면서 기쁨을 느껴본 적이 한 번도 없어. 네가 어떻게 그 일을 하는지 궁금하다." 디디에가 선언하듯 말했다.

루이는 어깨를 으쓱했다.

"사실 그 불쌍한 암소에게는 내가 필요 없었어. 혹시라도 일이 안 좋게 진행될 경우 내가 쓸모가 있는 거지. 가끔은 나중에 다시 봉합을 해야 돼."

"오! 입 다물어! 제발 우리의 건강에 신경을 써줘." 디디에가 말했다.

그러자 루이는 사디즘의 기쁨에 사로잡혀, 일이 안 좋게 진행되는 끔찍한 경우들을 자세히 설명했고, 우리는 귀를 틀어막을 수밖에 없었다.

우리는 숲속에서, 어느 연못 근처에서 차를 멈추었다. 두 남자가 물수제비 뜨기를 시작했다.

"줄리우스 A. 크람이 최근에 한 엉뚱한 구상에 관해 조제가 너에게 이야기했니?" 디디에가 물었다.

"아뇨. 그럴 생각조차 못 했는데요." 내가 대답했다.

루이가 한 손에 조약돌을 든 채 몸을 기울이다가 고개를 돌려 나를 바라보았다.

"무슨 엉뚱한 구상인데요?"

"조제가 일하는 잡지사에 투자를 하기로 했어. 방금 암소가 새끼 낳는 걸 본 이 젊은 여성은 앞으로 현대 회화와 조각의 운명을 좌우하게 될 테고 말이야." 디디에가 말했다.

"이런, 세상에." 루이가 중얼거렸다.

이윽고 그가 팔을 뻗어 조약돌을 던졌고, 그가 던진 돌은 연못의 반들반들한 수면 위에서 대여섯 번 통통 튀다가 모습을 감추었다.

"나쁘지 않네요. 책임이 무겁겠어요, 안 그래요?" 그가 스스로에게 만족해서 말했다.

그가 나를 바라보았다. 갑자기 내가 맡게 된 새로운 직무가 부질없고 위험하게 보였다. 무슨 포부로 확신도 부족하면서 타인의 작품에 관해 판단하는 일을 하겠다고 받아들였을까? 내가 미쳤지. 루이의 눈빛이 나로 하여금 내가 미쳤다고 생각하게 만들었다.

"디디에가 상황을 잘못 설명했어요. 사실 나는 진짜로 평론을 하지는 않을 거예요. 내가 경탄하는 점, 내 마음에 드는 점 같은 것만 이야기할 거예요." 내가 말했다.

"하지만 당신이 열광하는 건 그런 게 아니잖아요. 당신이 말을 하거나 침묵을 지키는 대가로 줄리우스 A. 크람한테서 봉급을 받게 될 거라는 거 알아요?" 루이가 말했다.

"뒤크뢰한테서죠." 내가 그의 말을 바로잡았다.

"뒤크뢰의 중개를 통해서 받는 거죠. 당신 그 제안을 받아들이면 안 돼요." 루이가 재차 말했다.

나는 그를 바라보고, 디디에를 바라보았다. 디디에는 눈을 내리깔고 있었다. 이런 주제에 관한 대화가 불편한 것이 틀림없었다. 나는 신경질이 났다. 퐁 루아얄 바에서처럼 루이가 적, 심판자, 청교도로 느껴졌다. 더 이상 나의 아름다운 사랑으로 느껴지지 않았다.

"내가 그 일을 한 지 이제 석 달 됐어요. 아마 경험이 부족하겠죠. 하지만 그 일이 나를 살게 해주고, 무척 재미도 있어요. 난 뒤크뢰에게서 봉급을 받느냐 줄리우스에게서 받느냐 하는 건 신경 안 써요." 내가 말했다.

"그럼 나도 신경 안 쓰겠습니다." 루이가 말했다. 그런 다음 다른 조약돌을 집어들었다. 그의 얼굴 표정이 딱딱했다. 한순간 바보처럼 나는 그가 그 조약돌을 내 얼굴에 던질지도 모른다고 생각했다.

"어쨌거나 모든 사람이 내가 줄리우스의 정부라고 생각해요. 그가 나를 부양한다고 생각하고요." 내가 말했다.

"그것도 바뀌어야 해요." 루이가 내 말을 자르고 재빨리 말했다.

그는 무엇을 바꾸고 싶은 걸까? 파리는 투명한 도시가 아니고, 그 계층 사람들은 꼼수와 겉치레를 통해 살아간다. 하지만 나는 루이의, 오직 그의 여자이고, 그도 그걸 알고 있다. 그는 내가 그가 아닌 다른 누군가에게 경탄하는 일을 포기하길 원하는 걸까? 내가 미술관과 전시회, 도시의 길거리에서 하는 외로운 산책들을 그만두길 원하는 걸까? 그림 속의 어떤 파란색들, 어떤 형태들이 갓 태어난 송아지보다 나를 더 감동시킨다는 사실을 이해하지 못하는 걸까? 내가 그의 눈길 속에서 좀 더 생기있고 진실해지는 것과 마찬가지로, 나는 어떤 화가의 눈길 속에서 좀 더 눈부시고 활기찬 특성을 발견했다. 내가 타락한 여자, 유식한 척하며 거들먹거리는 여자인 걸까? 아무튼 나는 어쩔 도리가 없었고, 더 이

상 열여덟 살 소녀가 아니었으며, 직업이 수의사인 피그말
리온을 찾는 것도 아니었다. 나는 도로를 멍하니 바라보면
서 이런 부정적인 생각들을 곱씹었다. 그때 루이가 내 손에
자기의 손을 얹었다.

"화내지 마요. 모든 걸 해결할 시간이 있으니까." 그가 말
했다.

그런 다음 나에게 미소를 보냈고, 나도 그에게 미소로 답
했다. 그 순간 나는 영원히 그의 곁에 머물겠다고, 소들을 키
우는 데 나 자신을 온전히 바치겠다고 약속하고 맹세라도
할 수 있을 것 같은 기분이었다. 나의 태세 전환이 느껴진 것
같았다. 입을 꾹 다물고 있던 디디에가 내 옆에서 갑자기 한
숨을 쉬고는 〈장밋빛 인생〉을 다시 휘파람으로 불기 시작했
으니 말이다. 그날 저녁, 그날 밤 우리가 시간이 있었다면,
우리의 두 육체와 쾌락에 대한 관심, 이별에 대한 두려움이
우리에게 시간을 허락했다면, 우리는 이 모든 것에 대해 대
화를 나눴을 것이다. 하지만 나는 비겁하게도 이미 쾌감에
젖은 채, 우리 중 누구도 우리 사이로 뭔가가 빠져나가게 하
지 않을 거란 걸, 우리가 나눌 유일한 말은 사랑의 말들뿐이
라는 걸 알고 있었다.

17장

"저는 런던에 못 가요. 내일 출발 못 한다고요." 내가 말했다.

"자, 봐요. 금요일, 토요일 그리고 월요일에 소더비에서 경매가 있어요. 뒤크뢰는 당신이 거기에 가야 한다고 고집하고⋯⋯." 줄리우스가 대꾸했다.

우리는 알렉상드르의 테라스 좌석에 앉아 있었고, 이렌 드부가 방금 우리에게 합류한 참이었다.

"당신 런던 안 좋아해요? 런던은 무척 아름다운 도시이고, 소더비 경매도 무척 흥미로워요. 지루할까봐 걱정이면 디디에를 데려가요." 그녀가 말했다

나는 몸무림을 쳤다. 내일 루이가 올 예정이었고, 그가 나와 함께 런던에 가는 걸 좋아할지 잘 상상할 수 없었다. 닷새 전부터 우리는 매일 밤 전화로 부르고뉴 로의 우리 스튜디오에 대해, 우리가 들을 음반들에 대해, 우리가 48시간 동안 함께할 어두운 침실에 대해 이야기했다. 그는 비행기, 호텔, 그림에 관심이 없을 테고, 오직 나만 그것들을 욕망할 것이

다.

"난 당신이 이해가 안 되네요." 이렌 드부가 말했다.

"분명 그러실 거예요." 내가 재빨리 대꾸했다.

그녀의 얼굴이 분노로 상기되었다. 요즘 나는 그녀와 그녀의 동료들을 덜 만나고 있었다. 기분 좋은 흥분 속에서 매우 늦게까지 잡지사에서 일했고, 그런 다음 곧바로 집으로 돌아갔다. 집에 가면 개와 나의 식사를 챙겼고, 루이와의 전화 통화가 끝나는 즉시 무거운 잠에 빠져들었다. 줄리우스가 잡지사 근처의 작은 레스토랑으로 자주 점심을 먹으러 왔다. 이제 그는 우리만큼이나 우리의 프로젝트에 열중하는 듯했다. 심지어 얌전한 초등학생처럼 뒤크뢰가 권한 그림 도록과 미술 서적들을 자기 자동차로 실어가기까지 했다. 그는 내가 개를 좀 더 수월하게 태우고 다닐 수 있도록 자기 사무실에서 사용하는 작은 자동차 중 한 대를 빌려주겠다고 고집을 부렸다.

하지만 그날 나는 덫에 걸렸다. 런던 출장을 단호히 거절하고 그 이유들을 설명해야 했다. 드부 부인이 옆에 있는 것이 방해가 되지 않고 오히려 일을 더 수월하게 만들어주었다. 그녀는 조금 화가 나서 내 사랑 이야기를 하나의 일화로 변모시키고, 직업에 소홀하게 만드는 작은 말썽거리로 축소

하려 했다. 단지 그뿐이었다. 경솔하다고 나를 비난하면서 나의 고백을 더욱 경솔한 것으로 만들었다.

"디디에 달레는 저보다 더 가기 힘들 거예요. 우린 그의 동생 루이를 기다릴 거거든요. 루이가 파리에 와서 이틀을 보낼 거예요." 내가 말했다.

줄리우스는 눈썹 하나 까딱하지 않았지만, 이렌 드부는 소스라치게 놀라서는 나를 뚫어져라 쳐다보았다. 이윽고 그녀의 엄격한 눈길이 줄리우스에게 향했다.

"루이 달레? 이게 다 무슨 소리예요, 줄리우스? 당신도 아는 이야기인가요?"

침묵이 내려앉았다. 줄리우스는 그 침묵을 서둘러 깨뜨릴 생각이 없어 보였다. 그저 자신의 양손만 가만히 내려다볼 뿐이었다.

"줄리우스는 아무것도 몰라요. 저는 최근에 루이를 알게 됐어요. 아시다시피 그 사람이 저에게 개 한 마리를 갖다줬고요. 간단히 말하면 이번 주말에 그 사람이 파리에 오고, 그래서 저는 런던에 갈 수가 없어요." 내가 간신히 말했다.

이렌 드부가 날카로운 웃음을 터뜨리고는 중얼거렸다.

"분별없기도 해라, 분별없어."

"친애하는 이렌." 줄리우스가 입을 열었다.

"괜찮으시다면 조금 있다가 이 모든 것에 대해 조제와 이야기를 좀 나누고 싶습니다. 그게 도움이 될 것 같진 않지만……."

이렌 드부가 줄리우스의 말을 자르고 냉큼 대꾸했다.

"난 물론 괜찮아요. 당신이 원한다면 지금 당장이라도 이야기를 나누도록 하세요. 난 그만 가볼게요."

그녀가 이렇게 말하고 일어나서는 잽싸게 밖으로 나가버리는 바람에, 줄리우스는 자기 자리에서 엉거주춤 일어났다가 다시 앉았다.

"나 참, 저분 왜 저러시는 거예요?" 내가 말했다.

"나처럼 당신이 당신 일에 열정이 있다고 생각해서, 당신이 일에서 진정한 안정의 기회를 잡았다고 생각해서 그러는 겁니다. 그리고 이렌은 당신이 미지의 남자 때문에 그 기회를 곧바로 무시하는 걸 보고 조금 실망했어요. 어쨌거나 이렌은, 태도는 서투르지만, 당신을 무척 좋아해요. 당신이 단숨에 그 남자에게 심취하게 된 것엔 관심이 없고요." 줄리우스가 대답했다.

"누구를 말하는 거예요?" 내가 물었다.

"루이 달레 말입니다. 아니면 나소의 피아니스트." 줄리우스가 침착하게 대꾸했다.

나는 얼굴이 붉어졌다. 붉어지는 것을 느꼈다.

"당신이 그걸 어떻게 알았어요? 설사 알았다 해도, 어떻게 감히 저에게 그 말을 할 수가 있죠? 당신 저를 감시해요?" 내가 물었다.

"당신한테 관심이 있다고 말했잖아요."

안경 뒤 그의 눈이 반쯤 감겨 있었다. 그는 나를 보고 있지 않았다. 나는 그가 혐오스러웠고, 내가 혐오스러웠다. 후다닥 자리에서 일어났고, 개가 소스라쳐 놀라 맹렬히 짖어댔다.

"그만 가볼게요. 저는 견딜 수가 없어요. 그러니까…… 당신이……."

나는 당황하고 화가 나서 말을 더듬거렸다. 줄리우스가 너그러운 표정으로 한 손을 들어올리고는 말했다.

"진정해요, 이 모든 건 우발적인 사고 같은 거니까. 예정대로 7시에 당신을 데리러 갈게요."

하지만 나는 벌써 도망치고 있었다. 개를 데리고 대로를 성큼성큼 건너 자동차 안으로 휩쓸려 들어갔다. 자동차 문에 차 열쇠를 꽂고 돌릴 때에야 그것이 '그의' 자동차라는 사실이 떠올랐다. 한편으로 생각하면 그건 나에게 별로 중요하지 않았다. 나는 그의 소중한 기계를 망가뜨릴 위험을 무릅쓰고 전속력으로 대로를 질주하고 다리를 건너 내 집으로 돌아왔다. 침대에 앉았다. 관자놀이에서 맥박이 고동쳤다. 개가 연민의 표시로 자기 머리를 내 무릎에 얹었다. 어떻게 해야 할지 더는 알 수가 없었다.

5분 뒤, 줄리우스가 현관 초인종을 눌렀다. 그는 내 앞에 앉아 창밖을 바라봤다. 곰곰이 생각해보니, 우리는 한 번도 정면에서 서로를 바라본 적이 없었다. 내가 본 것은 언제나 그의 옆모습이었다. 그는 몸짓이 없고 눈길이 없는 남자였다. 또한 앨런에게 감금된 나, 뉴욕의 호텔에서 눈물에 젖은 나, 해변의 피아니스트에게 매혹된 나를 본 남자였다. 나에 대한 특별한, 멜로드라마적인 어떤 이미지를 간직하고 있는 남자였다. 그리고 나는 그 이미지에 대해 아무것도 혹은 거의 알지 못했다. 딱 한 번 그가 나에게 자신의 감정들을 이야기했을 때도 해먹에 감싸여 누워 있어서 머리카락만 보였다. 이 싸움은 동등하지 않았다.

"혼자 있고 싶을 거라는 거 압니다. 하지만 몇 가지를 당신에게 꼭 설명하고 싶어요." 그가 말했다.

나는 대꾸하지 않았다. 그저 그를 바라봤고, 정말이지 그가 가줬으면 하는 마음뿐이었다. 처음으로 나는 그를 적으로 보았다. 어이없게도 그 순간 나의 유일한 걱정거리는 다음과 같은 것이었다. 그가 피아니스트와의 일에 대해 루이에게 말할까, 안 할까? 유치한 생각이고 이 상황과 실질적인 관련도 없다는 걸 알지만, 그 문제에 생각이 미치는 건 어쩔 수 없었다. 그 일은 사고였지만, 루이가 자기 역시 사고라고 생각할까봐 두려웠다. 나는 그가 많이 괴로워하리라는 걸 알고 있었다.

"당신이 나를 원망하는 건 그 피아니스트 때문이겠지요. 그날 밤 당신들을 본 사람은 내가 아닙니다, 내가 아니라 바로 양이에요. 어쨌든 당신은 자유로워요." 줄리우스가 말했다.

"당신은 그런 걸 자유롭다고 하나요?"

"난 항상 당신에게 그렇게 말했어요, 조제. 당신은 항상 당신이 원하는 것을 했고. 내가 당신에게, 당신의 존재에 관심이 있다는 사실은 내가 당신에게 느끼는 감정과는 상관이 없어요. 당신은 루이를 사랑한다고 믿지요. 혹은 그를 정말로 사랑하거나요." 그가 내 얼굴 표정을 보더니 이어서 말했다. "나는 그게 당연하다고 생각해요. 하지만 내가 당신 생각을 하는 걸 그리고 어떤 면에서는 당신을 감시하는 걸 당신이 막을 수는 없습니다. 그건 친구로서의 권리이자 의무예요."

그는 침착하고 확신에 찬 목소리로 이야기했다. 하기야, 객관적으로 내가 그를 어떻게 비난할 수 있겠는가?

그가 계속 말했다. "내가 당신을 처음 알게 됐을 때, 당신은 잘 지내지 못하고 있었어요. 그리고 그후 나는 당신을 도우려고 애썼지요. 나소에서 당신에게 느끼는 것들을 마음 터놓고 이야기한 건 분명 내가 잘못한 겁니다. 하지만 그때 난 무척 피곤하고 외로웠어요. 다음 날 바로 사과하기도 했고요."

그렇다, 이 전능하고 키 작은 남자는 정말이지 절대적으로 외로웠다. 그리고 나는 최근의 내 행복 속에서 졸부처럼 거만하고 잔인하게 행동했다. 그를 불신했다. 그리고 그 불신은 줄곧 나에게 수치심을 안겨주었다. 그는 내 뒤쪽을 계속 바라보았고, 나는 충동적으로 일어나 그의 소매에 한 손을 얹었다. 그는 분명 나를 사랑하고 있었고, 괴로워하고 있었다. 그러나 어쩔 도리가 없었다.

"줄리우스." 내가 말했다. "미안해요, 진심으로 미안해요. 당신이 저를 위해 해준 모든 것에 대해서는 참 감사하고 있어요. 다만, 나는 덫에 빠지고 감시받는 느낌이 들어요. 그런데…… 그 다임러는 뭐예요?" 내가 불쑥 물었다.

"다임러?" 줄리우스가 되물었다.

"내 집 아래 서 있는 다임러 말이에요."

그가 전혀 이해 못 하겠다는 표정으로 나를 바라보았다. 어쨌든 파리에는 다른 다임러들이 많이 있을 테고, 나는 루이가 본 다임러의 색깔까지는 알지 못했다. 게다가 나는 자세한 설명을 싫어했다. 나는 우정과 애정 차원에 머무르고 싶었고, 파리의 복잡한 우여곡절 속에서 평판을 망치지 않기를 바랐다. 상황에 관한 통찰을 피하기 위해, 나는 한 번 더 표면적 관심으로 피신했다.

"이 문제에 대해서는 더 이상 이야기하지 말기로 해요. 뭐 마실 것 좀 드릴까요?" 내가 말했다.

그가 빙긋이 웃었다.

"그래요, 오늘은 알코올이 들어간 음료가 좋겠군요." 그가 옷 주머니에서 작은 상자 하나를 꺼냈고, 그 안에서 알약 두 개를 끄집어냈다.

"그 약들 계속 먹고 있어요?" 내가 물었다.

"도시인들 대부분이 그러잖아요." 그가 대꾸했다.

"신경안정제인가요? 당신이 그걸 자주 복용하는 것이 저를 얼마나 두렵게 하는지 표현 못 하겠네요."

사실이었다. 사람들이 마음을 진정하는 것에, 인생의 다양한 충격들을 완화하는 데 집착하는 걸 나는 이해하지 못했다. 거기에는 일종의 항구적인 패배가 존재하며, 불안·불행·권태와의 사이에 장막을 치는 것은 언뜻 보기에도 굉장히 굴욕적인 항복의 표시인 백기를 드는 행위 같았다.

줄리우스가 미소를 지으며 말했다. "당신이 내 나이가 되면, 당신 역시 그걸 견디지 못할 겁니다……."

그가 적절한 표현을 찾았다.

"상황이 내 뜻에 좌우되는 것을요." 내가 약간 빈정거리며 말했다.

그가 눈을 감더니 동의의 표시로 고개를 끄덕였다. 나는 미소 짓고 싶은 마음이 전혀 없었다. 아마도 언젠가 나 역시 내 욕망에 굶주린 늑대들의 입에, 내 고뇌와 후회에 굶주린 시끄러운 새들의 입에 재갈을 물리는 데 성공할 것이다. 언젠가 나도 색이 없고 모서리들이 없는 흑백의 모작(模作)인 나 자신을 더 이상 견디지 못할 것이다. 그렇다, 나는 내 감정들을 잠재우기 위해 작은 알약들을 와작와작 씹으며 내 욕실 안에서 자전거를 탈 것이다. 근육질의 다리와 근육 없는 심장, 차분한 얼굴과 무심한 마음. 나는 믿지도 않으면서 이 모든 것을 단숨에 고려했다. 그 악몽과 나 사이에 루이가 있었기 때문이다. 그리하여 나는 줄리우스와 위스키를 마셨고, 드부 부인의 모욕적인 도주를 그와 함께 웃으며 떠올렸다.

"저에게 달려들어 멱살이라도 잡을 줄 알았어요." 내가 쾌활하게 말했다. "그분은 당황하는 걸 몹시 싫어하나봐요."

내 말이 그리 적절하다는 생각은 들지 않았다.

여름이 오고 있었다. 며칠 있으면 6월이었다. 뤽상부르 공원은 분위기가 좋았다. 시끄러운 어린아이들, 엉터리 공놀이를 하는 사람들, 따뜻한 날씨에 원기를 회복한 노부인들이 가득했다. 루이와 나는 벤치에 앉았다. 우리는 진지하게 대화를 해보기로 했다. 우리 둘만 있게 되자, 그의 손 혹은 나의 손이 본능적으로 상대의 머리칼과 얼굴을 향해 뻗었고, 나중에는 일종의 황홀감, 일종의 가르랑거림이 우리로 하여금 다정한 몸짓이 아닌 모든 것을 다시 시작하게 했다. 우리는 같은 움직임으로 우리의 육체에 진정한 대화를 맡긴 듯, 행복한 침묵과 완성되지 못한 말들을 경험하고 있었다. 그렇기는 했지만, 그날 루이는 상황을 분명히 하기로 작정한 듯했다.

"그동안 곰곰이 생각해봤어요. 우선 당신한테 털어놓을 것이 있어요. 내가 파리를 떠난 건 반감을 불러일으키는 계층에 대한 고고한 멸시 외에도, 내가 도박을 했기 때문이에요. 카드 도박요." 그가 말했다.

"좋네요. 나도 그거 해요."

"그게 잘 해결이 되지 않았어요. 그래서 디디에의 유산과 내 유산을 완전히 탕진하기 전에 도망을 쳤죠. 동물을 좋아하고 말 못하는 동물들을 돌보는 것이 재미있어서 수의사가 됐어요. 하지만 당신 없이 사는 것이 싫어서 당신을 억지로 시골에서 살게 하고 싶지는 않아요."

"당신이 계속 시골에서 살고 싶다면 난 시골로 갈 거예요." 내가 말했다.

"알아요. 하지만 난 당신이 잡지사 일을 좋아한다는 것도 알아요. 아마 내가 파리 근교로 가서 일할 수 있을 겁니다. 종마 사육장을 가진 사람들을 알고 있고, 내가 그 말들을 돌볼 수 있을 거예요. 그렇게 하면 당신과 헤어지지 않아도 돼요."

나는 안도했다. 내 일이, 적어도 내가 그 일을 한다는 생각이, 내가 뭔가에 도움이 된다는 생각이 나의 내면을 그때껏 한 번도 경험해보지 못한 기이한 욕망으로 가득 채운다는 말을 루이에게 하지는 않았다. 게다가 루이가 도박을 한다는 사실이, 우리가 알게 된 이후 침착하고 안정된 모습만 보여주던 이 남자에게도 결점이 있다는 사실이 재미있었다. 물론 그가 밤에 하는, 사랑에 빠진 남자의 말과 행동은 상상력을, 나를 안심시키는 일종의 부드러운 광기를 보여주었다. 나는 밤이 알코올만큼이나 위대한 폭로자라는 걸 알고 있었다. 하지만 루이는 자신이 더 복잡하고 나약한 사람임을 인정하고, 이제는 나를 믿는다고, 경계심을 늦추었다고, 우리가 행복한 연인들의 가장 위대한 승리에, 무기를 내려놓게 하는 승리에 도달했다고 암시했다.

"우린 파리 근교에서 살 거예요. 당신이 원한다면 아이 한두 명도 낳고요." 루이가 말했다.

이런 돌발 사건이 바람직하게 느껴진 건 파란만장했던 내 인생에서 그야말로 처음이었다. 나는 루이, 개, 아이와 함께 한집에서 살 것이다. 나는 파리에서 가장 훌륭한 미술평론가가 될 것이다. 우리는 정원에서 순종 말을 키울 것이다. 그건 폭풍우, 추적, 도망으로 점철되었던 인생의 해피 엔딩이 될 것이다. 마침내 나는 역할을 바꿀 것이다. 더 이상 광적인 사냥꾼에게 쫓기는 먹잇감이 아니라, 온순한 짐승들과 사랑하는 사람들, 내 친구들, 내 아이와 동물들이 은신하고 음식을 먹고 물을 마시러 오는 깊고 익숙한 숲이 될 것이다. 더 이상 이 약탈에서 저 약탈로, 이 고통에서 저 고통으로 옮겨

가지 않을 것이다. 내 사람들이 허물없이 인간의 다정함의 우유를 마시러 오는 햇빛 잘 드는 숲속의 빈터, 강이 될 것이다. 내가 보기엔 이 마지막 모험이 다른 것들보다 훨씬 더 위험한 것 같았다. 이번에는 결말을 상상할 수 있으니 말이다.

"끔찍하네요. 하지만 당신 말고 다른 것은 더 이상 상상할 수 없을 것 같아요." 내가 말했다.

"나도 그래요. 그래서 우리가 조심해야 하는 거예요. 특히 당신."

"당신 지금도 줄리우스 생각을 해요?"

"그래요." 그가 웃음기 없이 대답했다.

"소유만을 좋아하는 사람이지. 그런 사람이 당신에게 취한 무상의 태도가 나를 겁먹게 했어요. 그 사람이 뭔가 요구했다면 차라리 덜 겁먹었을 텐데. 하지만 당신에게 그 이야기를 하고 싶진 않아요. 당신을 각성시킬 사람은 내가 아니니까. 다만, 그런 일이 일어나는 날 당신이 그 말을 해주는 사람이 나이면 좋겠어요."

"날 불쌍히 여기려고요?"

"아니, 당신을 위로해주려고요. 각성하는 건 결코 즐겁지 않아요. 당신은 당신이 각성하도록 만든 사람을 불가피하게 원망할 테고, 난 그 사람이 내가 아니었으면 해요."

나에겐 모든 것이 꽤나 모호하고 일어날 법하지 않은 일로 보였다. 지극한 행복감 속에서, 나는 폭군 줄리우스보다는 대부代父 줄리우스를 더 쉽게 상상했다. 그래서 건성으로 미소를 짓고 몸을 일으켰다. 6시에 잡지사에서 뒤크뢰를 만나 표지 시안을 살펴봐야 했다. 루이가 잡지사까지 나를 데려다준 뒤 다시 떠났다. 그는 디디에와 함께 저녁을 먹을 예정이었다.

18장

조금 늦었고, 발끝으로 조심조심 걸어 들어갔다. 내 사무실 옆의 사무실에서 뒤크뢰가 전화 통화를 하고 있었고, 나는 그를 방해하고 싶지 않았다. 문이 열려 있었다. 나는 내책상 앞에 앉았다. 통화 내용이 나와 관련된 것임을 깨닫기까지는 시간이 조금 걸렸다.

"……내가 좀 미묘한 입장에 처해 있습니다." 뒤크뢰가말했다. "당신이 그녀를 고용해달라고 나에게 요청했을 때,난 거절할 이유가 전혀 없었어요. 어쨌든 일할 사람이 필요했고, 협력자가 아쉬웠고, 돈도 부족했으니까요. 그리고 당신이 그녀의 봉급을 지불하겠다고 제안했으니까요……. 그래요, 그녀가 알고 있다고 생각했던 것 말고 변한 건 아무것도 없습니다. 두 달 전부터, 당신이 그녀를 위해 우리 잡지사에 투자를 해주기로 한 후부터 나는 그녀를 유심히 관찰했어요. 그런데 그녀는 아무것도 모르더군요……. 당신의 계획이 뭔지 알 수가 없어요……. 압니다, 나와는 상관없는 일이죠. 하지만 언젠가 그녀가 이 모든 걸 알게 되면, 난 부끄러움도 모르는 사람으로 보일 겁니다. 난 그런 사람이 아닌데 말입니다. 마치 함정에 빠진 것 같아요…….”

뒤크뢰가 말을 멈추었다. 내가 문가에 서서 공포에 사로잡힌 표정으로 그를 바라보고 있었기 때문이다. 그가 천천히 전화를 끊고는 자기 앞에 놓인 의자를 내게 가리켜 보였고, 나는 기계적인 몸짓으로 거기에 가서 앉았다. 우리는 서로를 뚫어져라 바라보았다.

“덧붙여 말할 것은 아무것도 없는 것 같군요.” 그가 말했다. 그는 평소보다 더 창백하고 잿빛이었다.

“그래요, 제가 제대로 이해했다고 생각해요.”

“나는 크람 씨의 의도를 좋게 보았고, 정말로 당신이 알고 있는 줄 알았어요. 두 달 전부터, 그러니까 그 사람이 당신에게 더 많은 일을 맡기라고, 당신을 출장 보내라고 요청했을 때부터 마음이 불편해지기 시작했죠……. 사실 당신이 나에게 루이 달레를 소개하기 전까지는 확실하게 깨닫지 못했어요.”

숨을 제대로 쉴 수가 없었다. 부끄러웠다. 내가, 그가, 줄리우스가. 나는 이 먼지투성이의 벽들 사이에서 나 자신에게 부여한 지적이고 감수성 예민하고 교양 있는 젊은 여성의 이미지를 비통하게, 절망적으로 응시했다.

"괜찮아요. 너무도 아름다운 이야기네요." 내가 말했다.

"당신도 알겠지만, 변하는 건 아무것도 없습니다. 크람 씨에게 다시 전화해서 잡지 투자 건은 그만두라고, 그리고 당신은 이대로 우리와 함께하게 해달라고 말하면 돼요." 뒤크로가 말했다.

나는 그를 향해 미소를 지었다. 아니, 미소 지으려고 했다. 하지만 그러기 위해 무척 애를 써야 했다.

"너무 바보 같네요. 제가 떠나야 할 것 같아요. 줄리우스는 당신에게 복수할 만큼 쩨쩨한 사람은 아닐 거예요." 내가 말했다.

잠시 침묵이 있었고, 우리는 일종의 애정이 담긴 눈으로 서로를 바라보았다.

"내 제안은 여전히 유효해요. 그리고 혹시 친구가 필요하면…… 미안해요, 조제, 나는 당신을 변덕스러운 여자로 생각했어요." 그가 말했다.

"전 그런 여자예요. 어쨌든 그런 여자였어요. 전화드릴게요." 내가 차분하게 말했다.

그런 다음 서둘러 밖으로 나갔다. 눈이 아려왔기 때문이다. 주위를 둘러보았다. 낡은 책상, 서류들, 복제화들, 타자기들, 나를 너무도 안심시킨 착각의 배경이 되어주었던 것

222

들을. 거리를 걷다가 처음 보인 카페, 우리 잡지사 직원들의 단골 카페 앞에서 걸음을 멈추지 않고 그다음 카페 앞에서 멈추었다. 내 안의 무언가가 단단해졌다. 나는 알고자 하는 욕망, 무엇이든 알아내고자 하는 욕망에 사로잡혔다. 줄리우스에게 말할 수는 없었다. 그는 이 배신을, 그런 식으로 나를 사려 한 일을 그저 신사가 베푼 친절로, 방황하는 젊은 여성에게 준 선물로 치부하려 할 것이다. 나는 이 일에 대해 명확히 알려줄 만큼 나를 싫어하는 사람을 딱 한 명 알고 있었다. 가차없는 드부 부인. 나는 그녀에게 전화를 걸었고, 운 좋게도 그녀가 집에 있었다.

"그럼 기다리고 있을게요." 그녀가 말했다.

그녀는 '자리를 뜨지 않고'라는 말을 덧붙이지 않았다. 하지만 택시를 타고 그녀의 집으로 향하는 나는 그녀가 강렬한 환희를 느끼며 머리 손질을 다시 하고 준비하리라는 걸 알고 있었다.

나는 드부 부인의 집 응접실에 있었다. 날씨가 화창했고, 내 마음은 매우 침착했다.

"그 모든 걸 전혀 몰랐다고 나에게 말하려는 건 아니죠?" 드부 부인이 말했다.

"저는 당신에게 아무것도 말하지 않을 거예요. 제 말을 믿지 않으실 테니까요." 내가 대답했다.

"사실이에요. 이봐요, 부르고뉴 로에 옛 프랑으로 월세 4만 5,000프랑짜리 임시 거처를 얻을 순 없다는 걸 몰랐나요? 몰랐어요? 옷가게 – 바로 내가 다니는 옷가게죠 – 에서 누군지도 모르는 젊은 여자에게 공짜로 옷을 입혀주지 않는다는 걸 몰랐어요? 당신보다 더 박식한 젊은이 쉰 명쯤이 그 잡지사에서 일하고 싶어한다는 걸 몰랐다고요?"

"제가 모르지 않아야 했는데요, 정말이에요."

"줄리우스는 인내심이 많은 사람이고, 당신이 누구에게 얼마나 깊이 빠졌든 그 작은 게임은 오래 지속될 수 있었어요. 줄리우스는 무엇이든 포기할 줄을 몰라요. 하지만 그의 친구들을 위해, 그리고 특히 나를 위해 당신에게 털어놓는데, 그 사람이 그렇게 되면 견디기 힘들어질 거예요……."

"어떻게요?" 내가 물었다.

"그러니까, 당신에게 종속되면."

"아주 좋네요."

나는 이렇게 대꾸하고는 웃음을 터뜨렸다. 드부 부인은 조금 당황했다. 그녀가 하도 큰 증오, 경멸, 불신을 드러내서 그 과도함 자체가 그녀를 거의 괴상하게 만들었다.

"그래서 당신 생각에 줄리우스가 원하는 게 뭔데요?" 내가 물었다.

"줄리우스가 무엇을 원하느냐, 그 뜻인가요! 그는 처음부터 그걸 나에게 말했어요. 그는 당신에게 편안하고 흥미로운 인생을 선사하기를, 바보 같은 짓들을 할 시간을 주기를 원해요. 어쨌든 그런 일들이 당신을 그에게로 다시 데려다줄 테니까. 그렇게 쉽게 달아날 생각은 하지 마요. 당신과 우리의 만남은 아직 끝나지 않았으니까, 친애하는 조제."

"제가 루이 달레와 함께 살기로 했고, 다음 주에 시골로 떠날 예정이라면요."

"당신이 그 남자에게 지치면 다시 돌아오겠죠. 줄리우스는 여전히 여기 있을 거고, 당신은 그를 다시 만나서 꽤나 만족할 거예요. 당신들이 벌이는 코미디가 그를 즐겁게 하고, 당신이 자처하는 무구함이 그를 웃게 하죠. 하지만 그걸 남용하진 마요."

"제가 제대로 이해한 거라면, 그가 저를 업신여긴다는 ……."

"그건 아니에요. 그는 사실 당신이 정직하다고, 당신이 결국 자기 뜻에 따를 거라고 말했어요."

나는 자리에서 일어났다. 이번에는 전혀 애쓰지 않고 미소를 지었다.

"저는 그렇게 생각하지 않아요. 보세요, 당신의 경멸이 당신을 눈멀게 해요. 그런데 당신이 고려하지 않는 것이 하나 있어요. 당신이 마음속 깊이 권태롭다는 거죠, 그래서 술책들을 꾸미는 거고요. 제가 줄리우스를 좋아하기 때문에 저는 그의 술책이 가슴 아파요. 하지만 당신은 정말이지……."

그녀가 동요했다. '권태'라는 말이 그녀에겐 참을 수 없고 가혹한 말인 듯했다. 그리고 나의 침착한 태도가 우발적으로 화를 내는 것보다 그녀를 더 겁먹게 만드는 듯했다.

"줄리우스와 옷가게에 진 빚은 조금씩 갚을 거예요. 제가 저의 전 시어머니에게 직접 말씀드릴 거예요. 줄리우스의 뜻에도 불구하고, 부양수당 건이 곧 마무리될 예정이거든요." 내가 말했다.

그녀가 문가에 서 있는 나를 불러세웠다. 근심스러워하는 기색이었다.

"줄리우스에게 뭐라고 말할 건가요?"

"아무 말도 안 할 거예요. 그 사람을 다시는 안 볼 거니까요." 내가 대답했다.

밖으로 나간 나는 성큼성큼 걷고 콧노래를 불렀다, 일종의 기분 좋은 분노에 사로잡혀서. 마침내 거짓말과 핑곗거리 그리고 속임수들과 끝장을 냈다. 나는 저 가련한 사람들의 무료함을 달래주기 위해 남몰래 대가를 지불했다. 그들은 나의 의존적인 태도와 분별없는 행동들을 신이 나서 놀려댄 것이다. 그들이 나를 장악했다. 나는 절망적이었다. 그렇다. 하지만 안도가 되었다. 내가 무엇을 붙들어야 하는지 마침내 알았으니까. 그들은 내 목에 예쁜 금목걸이를 걸어주었지만, 사슬이 끊어져버렸다. 모든 것이 그런 식이었다. 짐가방을 쌌다. 앨런이 사준 옷 몇 벌만 넣었기 때문에 가방이 굉장히 홀쭉했다. 나는 비웃는 심정으로 이제야말로 나 자신에 대한 평판이 내 몫이 아니게 되었다고 생각했다. 맹목과 낙관론 때문에 나는 줄리우스가 나를 자기 친구들 그리고 아마도 자기 가족들의 눈에 무시해도 되는 사람으로 보이도록 허락했다. 그리고 그것에 대해 그를 원망했다. 나를 사랑한다 해도, 나를 멸시한다 해도, 다른 사람들이 마음대로 나를 판단하는 걸 그가 내버려둬서는 안 되는 거였으니까. 나는 내가 앨런으로부터 조금씩 회복한, 내가 루이를 알게 된, 기만적이지만 따뜻한 안식처가 되어준 스튜디오 안을 감사하는 눈길로 둘러보았다. 나는 개의 목줄을 잡았고, 개와 함께 조용히 계단을 내려갔다. 줄리우스 A. 크람을 추종하는 또 다른 광신자인 집주인은 마지막 순간에 나타나지 않는 예의를 보여주었다. 나는 작은 호텔로 가서 침대에 누웠다. 개가 내 발치에 몸을 붙여왔고, 짐가방은 바닥에 놓여 있었다. 그렇게 나는 지난 여섯 달 동안의 내 인생과 사라져버린 우정 위에 어둠이 내리는 모습을 지켜보았다.

　루이의 집에서 자신감 가득하고 감미로운 여름이 흘러갔다. 루이는 내 사건에 대해 아무런 언급도 하지 않았다. 그저 여느 때보다 훨씬 더 다정하고 주의 깊은 모습을 보여줬을 뿐이다. 디디에가 자주 찾아왔다. 우리는 함께 파리 근교로 집을 보러 다녔고, 마침내 베르사유 근처에서 적당한 집 한 채를 찾아냈다. 우리는 행복했다. 또한 나의 도피에 동반된 일종의 정신적 통증, 피로 그리고 우울감을 느꼈다. 다행히 한 달쯤 지나자 흩어져 사라지긴 했지만. 나는 줄리우스에게 편지를 쓰지 않았다. 그가 보내온 편지들에 답장을 하지 않았다. 사실 그 편지들을 읽지도 않았다. 그 작은 모임에 속한 사람들은 더 이상 아무도 만나지 않았고, 루이의 친구들, 나의 옛친구들만 만났다. 구원받은 느낌이었다. 불명확하고 입체감이 없는, 하지만 지금 나에게는 내가 경험했던 모든 위험들보다 천배는 더 심각하게 여겨지는 위험으로부터 구원받은 느낌. 나는 잘난 척할 뻔했고, 그 사람들을 좋아

하지도 않으면서 그 사람들에게 속할 뻔했다. 나는 권태로
워할 뻔했고, 그 권태를 그것의 이름이 아닌 다른 이름으로
부를 뻔했다. 삶이 나에게 돌아왔다. 8월에 내가 루이의 아
기를 가졌다는 사실을 알게 되었으니 심지어 두 배로 돌아
온 셈이었다. 우리는 아이와 개의 이름을 함께 짓기로 했다.
개에게 아직까지 이름이 없었으니 말이다.

19장

얼마 전 우리는 새 집에 정착했다. 그리고 며칠 뒤 나는 빗속에서 파리의 그랑드아르메 가를 가로질러 걷다가 줄리우스를 만났다. 다임러 한 대가 보도에서 나왔고, 나는 즉시 그를 알아보고 걸음을 멈추었다. 줄리우스가 차에서 내리더니 나를 향해 다가왔다. 그는 야위어 있었다.

"조제, 마침내 만나게 되었군요! 당신이 돌아올 거라고 믿고 있었습니다." 그가 말했다.

나는 그를 바라보았다. 그 고집스럽고 키 작은 남자를 바라보았다. 그를 이렇게 정면에서 바라보는 건 처음인 것 같았다. 그의 파란 눈이 여전히 안경 뒤에서 반짝였고, 블루마린색 정장도 여전했고, 양손 역시 여전히 생기가 없었다. 이 남자가 그토록 오랫동안 나에게 위로의 상징이었다는 사실을 떠올리기 위해 나는 무척 애를 써야 했다. 지금 그는 나에게 낯선 사람처럼 보였다. 걱정스럽고 하찮은 편집증 환자처럼 보였다.

"줄곧 나를 원망했나요? 이제 다 끝난 일이에요, 안 그렇습니까?"

"네, 줄리우스. 끝난 일이죠." 내가 말했다.

"모든 것이 당신의 행복을 위한 것이었음을 당신이 이해했으리라 생각합니다. 하지만 내가 조금 서툴렀어요." 그가 빙긋이 웃으며 말했다.

자기 자신에게 꽤나 만족하는 기색이었다. 나는 처음에 살리나 찻집에서 받았던 느낌을, 미지의 그리고 완전히 낯선 기계장치 앞에 있는 느낌을 다시 받았다. 우리 사이에 오간 아주 사소한 대화도 떠오르지 않았다. 해변에서, 그러니까 딱 한 번 납득할 만한 얼굴을 나에게 보여주었을 때 그가 했던 독백만 기억났다. 그 기억 때문에 나는 그의 앞에서 도망치지 못하고 주저했다.

"여름 내내 당신의 소식을 전해 들었습니다. 이제 난 당신만큼이나 솔로뉴에 대해 잘 알아요." 그가 말했다.

"당신 또 사설탐정을……"

"설마 내가 당신을 감시하는 걸 그만둘 거라고 생각하진 않겠지요." 그가 미소 지으며 말했다.

갑자기 나는 분노에 사로잡혔고, 뭐라고 말할지 결정하기도 전에 내 입에서 말이 튀어나왔다.

"당신이 고용한 사설탐정들이 내가 임신했다는 것도 말

해주던가요?"

그는 잠시 당황했다가 곧 침착을 되찾았다.

"좋은 소식입니다, 조제. 우리 그 아이를 잘 키워봐요."

"루이의 아이예요. 우린 다음 달에 결혼할 거고요."

다음 순간 놀랍게도, 매우 공포스럽게도, 그의 얼굴에 경련이 일어나고 눈이 눈물로 가득 찼다. 그는 양팔을 흔들며 말 그대로 보도 위에서 발을 구르기 시작했다.

"그건 사실이 아니야! 사실이 아니라고! 그런 일은 있을 수 없어!" 그가 울부짖었다.

나는 아연실색해서 그를 바라보았다. 그때 갑자기 그의 운전기사가 나타났고, 그가 나를 후려치려는 바로 그 순간 그의 어깨를 붙잡았다. 주변 사람들이 걸음을 멈추었다.

"그 아이는 내 거야! 그리고 당신, 당신도 내 거라고!" 줄리우스가 외쳤다.

"크람 씨." 운전기사가 그를 뒤로 끌어당기며 말했다. "크람 씨……."

"나를 놔줘. 놔주라니까! 그런 일은 있을 수 없어. 다시 말하는데 그 아이는 내 거라고!" 줄리우스가 소리쳤다.

운전기사가 그를 끌고 갔고, 나는 불현듯 마비 상태에서 깨어났다. 발길을 돌려 어느 카페 안으로 급히 들어갔다. 이가 딱딱 맞부딪힐 정도로 몸을 떨면서, 나 자신을 제어하려고 애쓰면서 한동안 그곳에 앉아 있었다. 감히 밖으로 나갈 수가 없었다. 같은 장소에서 줄리우스를 다시 보게 될 것만 같았다. 분노 때문에, 실망 때문에, 그리고 아마도 사랑 때문에 눈물 범벅이 되어 숨을 몰아쉬며 발을 구르는 줄리우스를. 디디에게 전화를 했고, 그가 나를 데리러 왔다. 그리고 나는 집으로 돌아갔다.

두 달 뒤, 줄리우스 A. 크람이 죽었다는 소식을 들었다. 우울증 약, 신경안정제 같은 약물 남용에서 온 심장마비로 인한 사망 같았다. 그리고 다른 원인들도 있었다. 우리는 지독히도 평행이고 지독히도 낯선 서로의 인생 속을 지나갔다. 우리는 오직 옆모습으로만 서로를 보았고, 결코 서로 사랑하지 않았다. 그는 나를 소유하기만을 꿈꾸었고, 나는 그에게서 달아나기만을 꿈꾸었다. 그게 전부였다. 한편으로 생각해보면 비참한 이야기이다. 그렇기는 하지만 나는 알고 있었다. 시간이 나의 온화한 기억 속에서 그에 대한 통상적인 분류를 완성했을 때, 나는 그에 대해 해먹에서 삐져나와 있던 하얀 머리카락만, '당신을 알게 된 이후 나는 더 이상 지루하지 않으니까요'라고 말하던 그의 불확실하고 피곤한 목소리를 들은 일만 떠올릴 거라는 것을.

우리는 오직 옆모습으로만 서로를 보았다

『잃어버린 옆모습』(1974)은 프랑수아즈 사강의 소설들 중 『한 달 후, 일 년 후』(1957), 『신기한 구름』(1961)과 함께 '조제'라는 여성이 주인공으로 등장하는 소설이다. 『한 달 후, 일 년 후』에서는 소설 속에서 조제의 이야기가 단독으로 그려지지 않고 말리그라스 부부, 여배우 베아트리스, 베르나르 부부 등 다른 등장인물들의 이야기와 함께 어우러져 서술되는 반면, 『신기한 구름』과 『잃어버린 옆모습』에는 조제의 이야기가 단독으로 서술된다.

『신기한 구름』에서와 마찬가지로 조제는 파리의 부유한 집안에서 태어난 젊은 여성으로, 미국에 건너가서 생활하다가 앨런이라는 미국 남자와 결혼해 파리로 돌아왔는데, 남편의 편집증과 심한 집착 때문에 결혼생활에 위기를 겪게 된다. 급기야 2주 동안 집 밖으로 나가지 못한 채 남편에 의해 감금생활을 하게 되고, 사교 모임에서 만난 거물 사업가 줄리우스의 도움을 받아 집 밖으로 간신히 탈출한다.

조제는 '살리나'라는 찻집에서 줄리우스를 만나 대화한 적이 있지만 남편 앨런에게서 잠시라도 벗어나기 위해 초대에 응했던 것뿐이고 그에게 호감이나 공통점을 전혀 느끼지 못하고 있는 상황이었다. 그러나 다급한 상황에서 구세주처럼 집으로 그녀를 데리러 온 줄리우스의 도움을 거부하지 못하고 받아들인다. 파리 근교 줄리우스의 성에서 하룻밤을 보낸 뒤, 조제는 앨런에게 돌아가지 않고 혼자 생활한다. 지인 말리그라스 씨가 소개해준 잡지사에 일자리를 얻고, 운좋게 파리 시내에 저렴한 가격으로 스튜디오도 구해 독립생활을 시작한다.

그러던 중 시어머니가 미국으로 돌아간 앨런이 위독하다는 소식을 전해오고, 앨런이 걱정된 조제는 즉시 뉴욕으로 향한다. 줄리우스가 업무를 위한 출장차 그녀를 따라 뉴욕으로 오고, 이후 두 사람은 머리도 식힐 겸 나소 해변에 가서 시간을 보내는데, 거기서 조제는 강철처럼 단단하고 냉혹한 줄로만 알았던 사업가 줄리우스의 연약한 면을 보게 된다. 우울증 약, 신경안정제 등을 수시로 복용하며, 설상가상으로 해변에서 일사병으로 쓰러진 것이다. 일사병에서 회복한 그는 "당신을 알게 된 이후 나는 더 이상 지루하지 않으니까요"라고 말한 뒤 조제와의 결혼을 깊이 열망하고 있다고 고백한다. 그러나 그녀의 답변이 두려운 듯 대답하지 말라고 한 뒤 다음 날 그 일은 실수이니 잊어달라고 부탁한다.

파리로 돌아온 조제 앞에 새로운 남자 루이가 나타난다. 조제의 친한 친구의 동생으로, 시골에서 살면서 수의사로 일하는 남자다. 개를 갖고 싶어하는 조제에게 루이는 강아지 한 마리를 데려다주고, 두 사람은 사랑에 빠진다. 잡지사에서는 줄리우스의 투자를 받아 잡지를 증간하고 회사 규모를 늘리기로 계획하고, 조제에게 중요한 직무를 맡기겠다고 제안한다. 모든 일이 잘 풀릴 것만 같던 그때, 조제는 잡지사 대표와 줄리우스의 전화 통화를 우연히 듣고 처음부터 줄리우스가 모든 일을 꾸몄음을 알게 된다. 잡지사에 일자리를 구해준 사람도, 그녀에게 봉급을 준 사람도 줄리우스였다. 이후 사교 모임을 이끄는 드부 부인의 입을 통해, 말도 안 되는 저렴한 가격에 스튜디오를 사용하게 해준 사람도 드부 부인이 다니는 옷가게의 옷을 제공해준 사람도 모두 줄리우스였음을 알게 된다.

그리고 조제는 깨닫는다. 자신이 한 번도 줄리우스와 정면으로 마주 본 적이 없음을, 자신이 본 것은 언제나 그의 '옆모습'이었음을. 모든 것을 가진 듯한 그 남자가 사실은 너무도 외로운 남자였음을. "그렇다, 이 전능하고 키 작은 남자는 정말이지 절대적으로 외로웠다. 그리고 나는 최근의 내 행복 속에서 졸부처럼 거만하고 잔인하게 행동했다.”

시골로 내려가 루이와 함께 살면서 루이의 아이까지 가진 조제는 몇 달이 흐른 뒤 잠시 파리에 올라왔다가 우연히 줄리우스와 마주친다. 줄리우스는 조제가 자기에게 돌아온 거라고 착각하고, 그런 줄리우스에게 조제는 루이의 아이를 가졌으며 그와 결혼할 거라고 말한다. 이에 충격을 받은 줄리우스는 발작을 일으키며 무너져내린다.

두 달 뒤 줄리우스가 사망했다는 소식을 듣고 조제는 생각한다. “우리는 지독히도 평행이고 지독히도 낯선 서로의 인생 속을 지나갔다. 우리는 오직 옆모습으로만 서로를 보았고, 결코 서로 사랑하지 않았다. 그는 나를 소유하기만을 꿈꾸었고, 나는 그에게서 달아나기만을 꿈꾸었다.”

『한 달 후, 일 년 후』에서 조제의 전 남자친구 베르나르가 그녀의 현 남자친구 자크를 가리키며 “언젠가 당신은 그를 사랑하지 않게 될 거예요. 그리고 언젠가 나도 당신을 사랑하지 않게 되겠죠. 그리고 우리는 다시 고독해질 거예요. 그렇게 되겠죠. 그리고 한 해가 또 지나가겠죠……”라고 말하고,『신기한 구름』에서 조제가 “사랑을 가지고 아무것도 하지 않”고 “다른 사람들의 손안에 든 먹이를 조금씩 갉아먹는” 존재, “스스로를 사랑하지 않”는 존재로 묘사된 데서 알 수 있듯이, 조제가 여주인공으로 나오는 전작 소설들이 사랑에 대한 비극적이고 허무한 관점을 짙게 풍기는 반면, 이 소설에서는 조제가 루이라는 인생의 반려를 만나고 아이까지 가지는 등 사랑과 인생에 대한 관점이 좀 더 낙관적이고 긍정적으로 변한 것을 알 수 있다. 세월이 흐르면서 저자도 작품 속 등장인물도 성숙의 과정을 겪은 걸까?

소설 속에서 ‘옆모습’으로 언급되는 인물은 모두 두 명이다. 조제가 정면으로 마주 보지 않고 늘 옆모습으로만 보았던 외로운 남자 줄리우스, 그리고 옆모습이 맹금을 닮은, 그녀를 좋아하지 않던 전 시어머니이다. 제목 ‘잃어버린 옆모습’을 조제가 자신의 삶을 구속하던 인물들, 서로 이해하지 못하고 같은 곳을 바라보지 못하던 인물들에게서 벗어나 사랑하는 존재들과 함께 보다 솔직하고 풍요로운 삶을 시작한다는 상징으로 이해하고 싶은 것은 옮긴이만의 순진한 바람일까?

2022년 가을
최정수

잃어버린 옆모습

초판 1쇄 2022년 11월 15일

지은이 | 프랑수아즈 사강
옮긴이 | 최정수

펴낸이 | 이나영
펴낸곳 | 북포레스트
등록 | 제406 - 2018 - 000143호
주소 | (10871) 경기도 파주시 가재울로 96
전화 | (031) 941 - 1333
팩스 | (031) 941 - 1335
메일 | bookforest_@naver.com
인스타그램 | @_bookforest_
디자인 | 팥팥

ISBN 979 - 11 - 92025 - 08 - 7 03860